풍류시인 2

율시(한시)

풍류시인

진기만 지음

『풍류선생 1·2·3』 연개

2

좋은땅

작가의 한마디

시를 쓰고 풍류를 읊지만 삶이 여유롭지 못해 힘겹게 살아 가네.

그래도 시의 역사를 만들어야 할 책무가 있기에 한 편, 두 편 정성을 쏟으며 시를 쓴다.

독자들이 시를 읽고 또 읽어도 새로워야 하며 천년을 남길 시를 써야 그 사람이 진정 시인이라 할 수 있다. 전통적인 시 적 가락을 벗어나면 본래의 맛이 사라진다.

시인이라면 아름다운 시를 쓰고 알려서 세상을 풍요롭게 하 여야 할 것이다.

이 세상이 삭막하여도 우리 문인들이 세상을 선도하고 앞장 서서 조금이라도 삶이 윤택하게 해야 할 책임이 있다.

『풍류선생 2집』은 100년 만에 한 번 나올까 말까 하는 귀한 책이며 조선이 망하고 풍류도 사라져 버렸는데 다행히도 조선 의 정신을 살려 내어 『풍류선생 3집』을 세상에 알리게 되었으 며 또 다시 5년 만에 『풍류시인 1』을 다시 출간하였고, 또 1년 만에 『풍류시인 2』를 출간하게 되어서 개인적으로 크나큰 영광이 아닐 수 없다.

시조 시를 짓는 데 구태여 3.4/3.4를 꼭 맞추어야 할 필요는 없다.

시조를 기본으로 하되 구절을 절규나 율시를 갖추면 되고 색깔만 내면 시조 시를 짓는데 아무 문제가 없으며 3.4를 무시하면 시조 시를 짓기가 아주 쉽다.

형식을 100% 맞추면 시조 시를 짓기가 어려워 시인들이 외면한다.

앞으로 심기일전하여 좋은 시를 많이 써서 시의 역사를 만들고자 한다.

독자들이 이 시집을 읽고 감명을 받았다면 많은 사람들에게 알려 주시면 시를 쓰는 데 힘이 될 것입니다.

목차

춘래불사춘

서편 누각에 달빛 내리니 시가 흩날리고

구름 몰려와 한차례 봄비를 뿌리고 가네

춘래불사춘 봄이 와도 봄 같지 않지만

이 나그네 여전히 풍류를 즐기고 있노라

시냇가 버들가지 봄바람에 일렁거리니

매화꽃 향기 가득히 술잔 속에 넘나드네

얼큰히 술 취해 그리운 임 잊을 수 없어

온종일 집에 앉아서 어찌 마음을 달래리오

꽃피는 봄

진달래 붉게 피는 옛 누각에 올라 보니

푸른 들녘과 강물은 한 폭의 그림이로다

저 멀리 모래밭에 백로는 사랑을 나누고

따뜻한 봄바람은 남쪽에서 불어오는구나

신선이 노는 계곡에 앉아 풍류를 읊으니

세상 시름 잊고 마음을 정갈하게 하노라

소나무는 한들한들 나그네를 반기지만

한때의 젊음과 영화는 다 쓸모가 없구나

대동강 풍경

강가에 복사꽃 피어나니 바람은 살랑거려

한 마리 새는 봄 소식을 안고 돌아오는구나

그림 같은 좋은 풍경에 나그네 설레게 하고

달빛 스며드니 가야금 소리 은은하게 들리네

바람결에 흩어지는 꽃향기 향긋하게 다가와

풍류를 한 수 읊었더니 세월은 한가로워라

벗들이 대동강에서 뱃놀이를 즐기고 있는데

어찌하여 어울리지 않고 책만 줄곧 읽으리오

삼월의 시구절

청춘은 가고 몸은 늙어 뭇 시름 달래 보는데

하늘 저 멀리 기러기는 아득히 날아가는구나

달빛은 매화 나뭇가지에 살포시 내려앉더니

거창한 풍류는 돌고 돌아 마을을 휘젓는구나

삼월의 시구절은 꽃처럼 아름답지 못하여

서울의 나그네들과 술잔 속에 정은 깊어 가네.

혼돈의 시대에 영웅은 반드시 나타나겠지만

한 조각 꿈을 이루어 좋은 세상 만들고 가리

멀리 가 버린 내 사랑

봄바람 불어 고무신 신고 나물 캐러 가니

수선화는 바닷가에서 수줍게 피어 있구나

어린아이들 불러 술 심부름시켜 놓고

달과 더불어 노닐면서 풍류를 즐기노라

골짝에 보리밭 넘실거려 싱그러움 주니

사랑하는 여인 불러 그 속에 놀고 싶어라

민들레꽃 꺾어 임이 올까 기다려 봐도

멀리 가 버린 내 사랑은 어찌 돌아오리오

문경 선유동 계곡

하얀 암석이 길게 누운 겨울가 비단 물결은

칠우칠곡의 고요한 풍경을 스쳐 지나가노라

넓고 반듯한 옥석대에 앉아 풍류를 읊으니

학천정에 놀던 백학들은 이곳으로 날아드네

바위 위로 흐르는 월영대의 맑디맑은 물에

달빛이 내리니 옥빛처럼 반짝거리고 있구나

선유동을 보지 못했다면 시인이라 하지 말게

세상에 이렇게 아름다울 수가 어디 있으리오

주막의 빈 술잔

매화꽃 떨어지는 밤 고요하고 쓸쓸하여

해안가를 터벅터벅 홀로 걸어가는구나

피리 한 자락에 오래 머물고 있었더니

주막의 빈 술잔은 아름답게 석양에 비겼네

젊었을 때 이렇게 시간을 잘 투자했더니

늘그막에 호사를 누릴 줄이야 낸들 알랴

청춘을 어찌하면 되돌려 놓을 수 있을지

모름지기 생각해 보니 희로애락 펄럭이네

울릉군 독도

넓은 바닷가에 홀로 쭉 거닐어 보니

꽃들은 흐드러지게 피어 있어 즐겁구나

새는 노래하고 배는 유유히 지나가는데

고고한 이 나그네 흥취를 누가 알리오

초라한 인생 부질없이 풍류를 읊는데

울릉의 독도는 더 아름답고 신선하여라

해산물은 넘쳐 나고 파도 출렁거리는데

오늘따라 누군인들 즐겁지 않으리오까

임의 그림자

푸른 물결 굽이굽이 흘러가고

절벽 밑에 아득히 정자가 있구나

소나무 가지 바람에 나풀거리고

외로운 기러기 흘흘 날아가네

마음에 숨겨 놓은 사랑의 한 조각

가슴 아픈 사연 차마 어찌 말하리오

생각건대 세월은 유수같이 흘러

임의 그림자 아직도 찾을 수 없네

어린 손녀들과 풍류

벗들과 한강을 걸으니 가을 풍경 고요하고

남산에 이슬비는 오락가락하여 서늘하여라

홀로 별장에 머무니 뿌연 안개가 자욱한데

저 멀리 냇가에 나무들이 즐비하게 섰구나

어린 손녀들과 풍류를 읊으니 학이 날고

한가로운 오후에 배추를 뽑아 돌아온다오

옷자락 펄럭이며 마을을 한 바퀴 도는데

저녁노을이 나그네를 보고 무척 반기노라

10년 만에 귀향

푸른 갈대밭에 갈까마귀 노래하고

우글거리는 깨는 한낮인 줄 모르네

한적한 마을에 실바람 불어오니

뱃고동 소리 아득히 들려오는구나

거친 파도는 시름없이 철썩거리고

소박한 인심은 예전과 다름이 없다오

아마도 사람들은 나를 알아볼런지

10년 만에 귀향하니 옛 풍경 정겨워라

아름다운 사랑

남쪽으로 기나긴 강에 꽃이 피어 있어

스쳐 가는 나그네 봄 풍경을 즐기는구나

이 세상에는 아름답고 그리운 것이요

옛 마을들은 아득하여 벗들은 떠나갔네

꽃피는 봄날 잠시 꿈을 꾼 듯하는데

어느새 늙어 있어 못내 아쉽기만 하여라

이렇게 살며 마음 비우고 풍류를 즐기니

인생일장 춘몽은 아름다운 사랑뿐이로다

날마다 풍류

말년에 친구 믿음직스러워 벗을 삼으니

흰머리까지 돈독하여 이미 죽마고우로다

등불 켜고 밤낮 공부하여 근면 성실하였고

어두운 밤 반딧불을 잡아 희망을 삼았네

글은 어려움 없어 응당 열심히 공부하여

고상한 도연명 선생의 정신을 본받았다오

붓으로 글을 쓰니 마음은 안정되어 가니

좋은 시심을 살려 날마다 풍류를 즐겼노라

소방의 세월

봄비 내려 방문을 열고 가만히 앉았으니

나그네 보이지 않고 무료함이 가시지 않네

꽃가지 서로 어울려 아름다운 마을이여

대나무밭의 죽순도 줄곧 풍류를 읊는구나

소방의 세월 속절없이 지나 아득하는데

책상의 시구절은 정겹도록 가지런하여라

쓸쓸하지도 즐겁지도 않는 참다운 인생

저녁 술에 취해 홀로 달빛을 걷고 있구나

어리석은 나그네

바람 부는 시골 대청마루에 달빛 서늘하고

우거져 가는 나무 사이로 강물은 검푸르네

하얀 모래밭은 한 자락 추억으로 살아나

짙은 구름이 스쳐 가니 마음은 무거워지네

어리석은 나그네 삶은 반듯하지 못한데

풍류만 읊으니 세상일에 조급함이 없구나

이처럼 여유롭게 살다 보니 가진 것 없어

초라하게 산다만 꽃들이 벗 되어 준다오

경남 남해

수평선 아득한 바닷가 높은 산에 올라 보니

푸른 물결 거센 파도 끝없이 몰아치는구나

아기자기한 섬들은 아름답게 수놓고 있어

지는 해 아쉽게 보내니 연락선 돌아온다오

우연히 풍류를 읊는 나그네 멀리 바라보니

어린 시절 회상하며 못내 슬픈 노래 부르네

싸리문 스치는 바람 몸은 얼어붙게 하건만

이 한겨울에 누가 있어 같이 놀아 주리오

막걸리 타령

봄바람 불어오는 냇가에서 꽃잎을 따니

청춘은 멀리 가 버리고 몸만 이렇게 늙었네

흥을 돋구어 춤을 추니 모두 즐거워하고

술이 거나하게 취하니 새벽 닭이 우는구나

몸이 허약하여 산에 오르기 힘들어져서

물가에 내려앉아 대금을 한 곡 불러 본다오

풍진세상 열심히 살아 봐야 재미 없건만

친구 불러 놓고 막걸리 타령이나 해야겠네

여인들과 풍류

친구들과 사이좋게 글공부했는데

두터운 우정에 즐겁게 길을 나섰네

완연한 봄 날씨에 임을 기다리듯

예쁜 여인들을 보고 반가워하는구나

봄바람 불어와도 복사꽃 날리지 않고

한가로운 오후에 유독 강가를 바라보네

여기서 한량들이 다 모여 술판을 벌리고

여인들과 어울려 풍류를 겨루어 보노라

사랑도 인생이더라

벚꽃 가지 휘늘어진 길 따라 홀로 걸어 보니

시냇가 마을은 아스라이 밤은 저물어 가네

봄바람에 슬며시 애창곡을 줄곧 불러 보니

길가에 무수히 술집들이 일 줄로 서 있구나

고달픈 나그네 주막에서 풍류를 읊는데

강 건너 다리 가에 비낀 석양이 아름다워라

뒷산에 진달래 붉게 타고 임은 오지 않지만

세상의 모든 연인들이여 사랑도 인생이더라

나그네 인생길

지난 모습 바라보니 삶은 참단한데

술은 이미 떨어져 만감이 교차하구나

웅대하게 살아 볼려고 발버둥 쳐 봐도

하늘 아래 메이로고 나그네 인생이로다

여기서 타향으로 떠나려 하니 아쉬워

살아온 길 돌아보니 허망하고 애달프네

술이 생각나 곧장 풍류를 읊어 보지만

놀아 주는 사람 없고 달빛만 밝아 온다오

공경대부

깊고 맑은 호숫가는 아득히 넓은데

한적하게 앉은 정자에서 풍류를 즐기네

봄바람 실실히 불어와 경치를 바라보니

공경대부는 피리를 불며 뱃놀이하노라

잔잔한 물결은 나그네 마음도 너그러워

꿈속에서도 그대랑 시를 쓰고 싶어지네

아름다운 여인들 한가롭게 지나가지만

내 마음속에 아직 임이 자리하고 있구나

봄의 길목

머나먼 남쪽 바다에서 봄바람 밀려와

임 생각에 머리 돌리니 세월은 아득해라

비탈진 산자락에 진달래 붉게 물들고

시냇가 개나리꽃 노랗게 피어나는구나

꽃향기에 마음 취하니 부러울 것 없는데

가슴 아프게 그 사람 돌아오지 못하구나

봄의 길목에서 나그네 시 한 수 펼치니

오히려 높은 기상을 하늘도 알아 주노라

세속에 묻혀 운둔 생활

평생 꽃을 마음속에 담아 좋아하고 아꼈는데

어찌 아름다운 산천을 홀로 즐길 수 있으리오

수십 년 동안 풍경을 보고 수심 젖은 나그네

세속에 묻혀 글을 읽으니 세월은 유수같구나

눈을 한 번 껌뻑거리니 가을은 더 멀어지지만

바람 앞에 시가 흩날리니 백발이 무성하여라

비록 야속한 세월이 밉지만 벗들이 그리워서

회포를 풀고 옛날 이야기를 하며 마음 달래네

사랑하는 아내 생일

일평생 같이 살아가면서
미운 정 고운 정 다 들었구나

때때로 어렵고 힘들었지만
내 곁을 지켜 준 사랑하는 여인이여

진씨 집안의 안주인으로서

가정과 직장을 오가며 열심히 살았구나

자식들 농사 잘 지어 놓고
손녀들도 이쁘게 잘 자라고 있네

이제 삶의 무게를 내려놓고

마음 편하게 건강 관리나 하고

즐겁게 살기 바랄 뿐이로다

사랑하는 남편이…

임실 옥정호

불어오는 봄바람에 꽃잎들은 흩날리고

꽃향기는 순식간에 천 리 길을 날아간다오

옛 마을에 여인들은 봄나물 캐고 있어

나뭇가지에 새 한 마리 즐겁게 노래하네

나이 들어 슬프게 풍류를 읊어 보지만

고향 떠난 그 여인 언제나 소식 없구나

저녁에 둥근달을 보고 농부가를 불러 봐도

옥정호의 푸른 물결은 고요하고 말이 없네

초로의 나그네

가야금 타던 소녀는 어디 가고 없는데

처량한 별빛만 밤하늘에서 우는구나

아름다운 가을은 부질없이 흘러가니

다정했던 임은 가고 마음만 서럽구나.

청운의 꿈 품었다가 어느새 사라지며

초로의 나그네 홀로 풍류를 읊는다오

시골에서 적막함이 솔솔 밀려오는데

운둔 생활에 익숙하니 오히려 건강하네

주옥같은 시

술을 마셨더니 저녁은 별로 생각이 없어

무심히 취해 자고 일어나니 아침이 밝았네

그래도 농사는 지어야 하기에 들에 나오니

개구리 울음소리에 마침내 생기가 돌구나

저녁 나절 반가운 소낙비가 마음을 적시고

초목들은 싱그러움에 고운 노래를 부르네

한가한 오후에 풍류를 즐길 사람 없는데

붓 가는 대로 주옥같은 시를 혼자 쓴다오

청순한 그대

찬바람에 옷깃 여미고 새벽 길을 나서 보니

시냇물 흐르는 소리에 나그네 마음을 적시네

저 외다리를 건너 사뿐사뿐 임 마중 가는데

한 수의 풍류를 읊으며 남쪽으로 내려가노라

인생도 구름처럼 흘러가는 때를 알건마는

유독 근심이 많아 편하게 잘살지는 못했네

누각에 올라 멀리 바라보니 세상은 아름다워

청순한 그대를 내 어찌 사랑한다 아니하리오

석촌호수(서울 송파구)

푸른 물결 잔잔한 석촌호숫가를 걸어 보니

봄바람 불어와 벚꽃이 화사하게 피었구나

한가롭게 꽃놀이 즐기니 풍류는 살아나고

임과 속삭이니 이렇게 좋을 수가 있으리오

수양버들 살랑거리고 분수는 아름다운데

휘영청 밝은 달이 아득히 높기도 하여라

사랑하는 임과 한나절이 그저 즐거웠지만

짧은 인생 사랑하지 아니한들 무엇하리오

풍류를 즐기다 이별

녹음이 짙어질수록 시골은 응당 바빠지는데

십리대밭에 오솔길이 그림처럼 펼쳐지는구나

저물녘 나그네 호탕하게 술을 마시고 노니

달빛 속에 매화나무 향기를 멀리 날리노라

사또는 예전부터 시인들을 가까이하더니

인근 고을까지 소문 나서 풍류가 살아나네

머물다 떠나는 자 이별은 서로가 아쉬운데

산에 올라가 굽어보니 돌아갈 날 생각하네

아름다운 이 가을

영원한 내 사랑 천 리 길 먼 곳에 살지만

한없이 그리워 바람 부는 언덕길에 올라 보네

계절은 바뀌어도 보름달은 그대로 밝은데

임은 가는 세월 잊고 진정 돌아오지 않구나

천하의 풍류나그네 한가롭게 시를 쓰지만

보잘것없는 인생 누구를 믿고 살아가리오

오늘도 먼 산을 바라보니 그리움 쌓이는데

아름다운 이 가을이 가도록 소식이 없구나

정읍사의 오솔길

숲속의 작은 연못 물가에 낙엽은 떨어지고

소나무 오솔길은 월영습지를 아름답게 하네

해는 이미 산에 기울었고 달그림자 비추는데

세상을 유람하는 내 임은 돌아오지 않는구나

안타까운 마음에 언덕에 올라 달님을 보고

하염없이 슬픈 노래를 부르며 멀리 바라보네

그대여 이 마음 진정으로 나를 사랑한다면

곱게 깔아 놓은 달빛 밟고 곧장 돌아와 주오

사나이 대장부

지방에는 도리어 대기업이 떠나가니

일자리와 경제력은 점점 한심스럽네

이렇게 말을 하면 쓸데없는 소리지만

인생을 돌아보니 서울 양반이 부럽구나

사나이 대장부 명예는 나의 일 아니고

초라한 빈 지개가 삶의 전부라고 하네

들에 핀 꽃들은 온종일 한들거리는데

심심찮게 바람 부니 임 생각 절로 나구나

별들이 내 친구

낙엽을 밟으며 비로소 남강을 걸었더니

달빛이 살며시 내려와 풍류를 즐기는구려

물결은 고요하고 나그네들 오고 가는데

선량한 백성들은 모두가 시구절 받아 가네

나뭇가지 붙들고 고운 여인만 바라보다가

그늘에서 술을 즐기니 바람이 휩쓸고 가네

흥겨움도 한때이니 나이만 자꾸 들어가고

모름지기 반짝이는 별들이 내 친구들이로다

한 조각 꿈

애마 타고 들길을 지나니 가을바람 불어

온종일 산천을 이리저리 누비다 돌아오네

붉은 단풍에 취해 풍류를 한 수 읊으니

신선이 나타나 친구 삼자고 조르는구나.

둘이서 시냇물 적시며 술 먹고 놀았는데

어느새 잠들어 달빛이 환하게 밝았노라

이 삶이 너무 선명하고 좋았던 시절이라

돌아보니 잠시 왔다 가는 한 조각 꿈이로다

경기도 안산에서

지나가는 길손은 단풍 속으로 곧 숨어들고

옛 마을에 기러기는 푸른 강물을 날아오네

안산에는 늘 노을이 환상적으로 아름다워

먼 길을 달려온 나그네 허기를 달래는구나

쉬어 가는 주막은 날로 번잡하고 푸짐한데

인자한 주인은 한시라도 소홀함이 없구나

기이한 명도사는 풍류선생을 알아보더니

남아답고 늠름한 모습이 제일 좋다고 하네

민속놀이

바람 부는 봄날 홀로 시름에 젖어 있으니

수양버들 늘어진 강가 피리 소리 들리는구나

마을 사람들은 무엇이 흥겨운지 좋아들 하고

연날리기 등 민속놀이에 술 한 잔 푸짐하여라

예를 다하여 나그네들과 어울려 놀고 놀아

마음을 가다듬고 풍류 한 자락을 읊어 보네

세상살이 가진 것이 시 한 구절이 전부인데

천금이 없으니 어느 여인이 나를 사랑하리오

타향에서 풍류

나그네들이 종일토록 풍류를 읊고 놀다 가니

무수한 시구절마다 바람결에 흩날리는구나.

밤이 깊어 가도 술친구들 그대로 남아 있는데

넓은 들을 바라보니 가을 풍경은 끝이 없어라

몸은 비록 멀리 있어도 그리움은 남아 있어

머지않아 돌아가면 기필코 그대를 사랑하리오

객지 생활 녹록지 않아 책을 읽지도 못하고

사소한 시름은 접어 놓고 흰 구름만 바라보네

겨울의 낭만

새하얀 눈이 마을마다 펄펄 내리는데

훗날 어찌 젊은 날의 추억을 말하리오

솔가지마다 소복소복 은세계에 온 듯

나그네들도 좋아서 어쩔 줄 모르는구나

사랑하는 여인과 하염없이 걸어 보니

이런 낭만은 두 번 다시 오지 않으리

눈밭에 뒹굴며 시름없이 하루를 보내니

바람결에 풍류가 날아와 마을을 휘감네

주막에 술

가을바람 따라 들길을 걸어가는 나그네

서풍이 몰아치니 몸이 차가워 옷깃을 여미네

곱게 물든 단풍잎 햇빛에 반짝거리더니

호박잎 가득 찬 서리 맞고 시들어 버리는구나

주막에 술이 아무리 맛이 좋다 하더라도

풍류가 없으면 무슨 즐거움이 또 있으리오

멀리 있는 벗들이 때로는 그립기도 한데

이제 나이 들어 꿈도 사라지고 몸은 늙었네

복지국가

꽃피는 봄날에 비로소 한강을 걸었더니

푸른 강물은 옛 모습 그대로 흘러가는구나.

모래밭에서 갈매기 울음소리는 끝이 없는데

서울 양반들 부유하여 언제나 재물이 넘치네

남으로 내려갈수록 빈곤하고 황량하여

세상을 원망하며 텅 빈 가을을 바라보노라

차라리 홍길동이라도 되어 의적을 할지언정

힘없고 가난한 자를 도와 복지국가를 이루리

수레에 달을 싣고

하얀 벚꽃이 성 뒤쪽에 활짝 피어 있어

아득히 바라보니 즐거움이 끝이 없구나

누가 이 한나절 좋은 풍류를 읊었는지

나그네들이 바람처럼 순식간에 모였네

수레에 아름다운 달을 싣고 나타나니

마을 사람들이 춤을 추며 흥겨워하구나

무지개 깃발은 강 언덕에 펄럭이는데

피리를 부니 문득 임이 그리워지노라

제주 우도섬

바람 부는 우도섬에 해녀는 보이지 않고

시골길 배추밭에 가을바람 쓸쓸히 부네

사랑하는 임 없어 홀로 풍류를 읊으며

비양도를 걷는 나그네 마음 한가로워라

여인처럼 부드러운 하고수동해수욕장

아름다움을 즐기며 하루를 보내고 있네

작은 등대는 아득한 바다를 바라보는데

집 떠난 남편을 한없이 기다리며 사노라

술과 여인들

내 집에서 길을 나서니 가을은 가까워지고

사랑했던 임은 유유히 세월 따라 흘러갔네

후미진 비탈길에 무성한 소풀을 베고 나니

활짝 핀 꽃을 꺾어 임에게 전하고 싶어라

초로에 행복하지 않아도 바른길을 가는데

모름지기 사람들은 언제나 시름만 쌓이네

나그네들이 모이면 즐겁게 뱃놀이하면서

술과 여인들을 불러 한바탕 놀아 볼까 하노라

백학이 풍류

청운의 꿈을 싣고 강물을 쉼 없이 바라보니

시원한 바람 남쪽에서 솔솔 불어오는구나

한여름에 돗자리 깔고 그늘에 살짝 앉으니

백학이 풍류를 물고 와 나그네를 반기노라

짙푸른 날씨에 버들은 고요하기 그지없어

막걸리 한잔에 취해서 잠이 절로 오는구려

일어나 보니 저녁노을은 붉게 타고 있는데

어디선가 귀뚜라미 소리 가을을 노래하노라

창원 감계리

창원 북쪽에 새로 한 마을이 생겼는데

도로는 반듯하고 환경이 더욱 아름다워라

한나절 해가 기울어도 오가는 사람 많아

가로수는 한가롭고 푸르름이 가득하구나

임은 멀리 있으니 같이 즐길 수 없는데

여름비가 추적추적 내려 마음이 울적하네

예전에 놀던 냇가에 버드나무 홀로 남아

세월은 이렇게 흘러갔건만 옛 시절 그리워라

주막에 앉아 거문고

봄바람에 아지랑이 살랑살랑 피어나니

꽃과 나비는 그림을 그리듯 놀고 있네

좋은 계절에 나그네 처음 나들이 가니

어디선가 처량하게 피리 소리 구슬퍼라

단지 호기롭게 나와도 반가운 사람 없어

주막에 앉아 거문고 한 가락 튕겨 본다오

막걸리 한잔 걸치고 새벽까지 노래하니

달그림자 술잔 속에 즐겁게 놀고 있구나

20대 대선 후보

여당과 야당은 진흙탕 싸움으로 얼룩지고

여야 대선 후보들은 도덕성이 실종되었네

국민들은 빈부의 차이로 양극화 심화되니

서울의 집값은 태산이 높은 줄 모른다오

부자들은 더 가지려고 집값을 올리더니

세금은 적게 내려고 도덕성도 필요 없네

어쩌다가 대한민국이 이렇게 되었는지

가난한 사람들은 서러움이 끝이 없구나.

강원도 강릉

하루가 시름겨워 높은 산에 올라 굽어보며

풍류를 한 수 읊조리니 마음은 여유로워라

은은히 퍼지는 대금 소리에 물결은 굽이치고

달그림자는 고금의 인물됨을 알아보는구나

수수밭은 고개 숙여 주인에게 예를 갖추니

강릉에 바닷바람은 저절로 불어오는구나

집 안의 꽃들은 아직 봄을 모르고 지내는데

빈객이 봄바람을 몰고 와 꽃들은 피어난다오

서울 친구들

몇 포기 수박을 냇가에 정성껏 심었거늘

한동안 잊었는데 어느새 탐스럽게 열렸네

무더위를 견뎌 내어 마음이 애잔해져 갈 때

되레 싱싱하여 저녁 이슬을 먹고 자랐구나

멀리 서울 친구들 불러 원두막에서 노니

나그네들은 비로소 여유롭게 시를 풀어 놓네

시골 풍경이 아름다워 시구절 절로 생각나

호박잎 따다 시를 쓰고 바람에 띄워 보낸다

양평 두물머리

저 멀리 강원도에서 두 줄기 물결은 흘러와

두물머리에서 만나니 아름다운 풍경이로구나

바라볼수록 신비로워 풍류를 한 수 읊어 보니

물의 정원 나루터의 뱃사공은 세월을 즐기네

수종사에 올라 보니 도도하게 흐르는 물결은

동방의 절경 중에서 제일이 아닌가 싶어라

새벽녘에 물안개는 나그네를 차분하게 하고

여기서 일출을 즐기기에 천하의 명당이로다

인생의 진리

푸르게 펼쳐진 긴 강가에 소들은 풀을 뜯고

작은 배는 나그네를 싣고 아득히 멀어지네

맑은 물결은 유유히 흘러 한가로워질 때

서쪽 하늘의 노을은 풍류를 싣고 오는구나

세월이 너무 빨라 청춘은 떠나가려 하는데

어찌 이 아름다운 세상을 붙잡으려 하리오

인생의 진리를 이 강가에서 찾으려 하니

한 가닥 꿈은 사라지고 마음만 부끄러워라

가난한 자들이 내 친구

썰매를 타다가 돌아오니 눈보라가 시야를 가려

10년간 감수하고 다시는 추위에 나서지 않으리

젊은 시절 무엇을 했는지 기억들은 아득하여

구슬픈 마음으로 통소를 애절하게 불러 보는구나

풍류를 읊는다 한들 별반 다를 것 없는 인생

어려운 사람들을 일일이 찾아서 도와주겠노라

이 세상 살면서 가난한 자들이 내 친구들인데

아픔을 보듬고 위로하여 웃으며 즐겁게 살아요

아득한 독도

십 리 모래해수욕장에 푸른 물결 넘실거리고

바람 고요한 날 그대랑 다정히 걷고 싶어라

아득한 독도 넘어 수평선이 응당 있는데

구름 한 조각 두둥실 저 멀리 날아가는구나

뱃고동 소리에 세월은 유수같이 흐르지만

늙어 가는 내 모습에 마음은 심란해지노라

어찌하면 이 짧은 인생을 멈추어 놓고 싶어

신께 한 번이라도 부탁을 해 보면 어떨까 싶네

도를 깨우치는 선비

서당에서 글을 배워 친구들과 어울리고

바빴던 농사일로 몸소 밭갈이도 한다오

서책을 점차 읽어 도를 깨우치고 보니

기상은 높아지고 모든 일들이 즐거워라

집 뒤에 대를 심어 울창한 숲을 이루고

맑은 샘물을 먹고 심신을 달래어 보네

예부터 풍류를 읊는 선비 보이지 않아

오월의 밀밭 길은 싱그러움을 더해 주네

고조선의 기상

깊어 가는 가을 변방의 바람은 거세지고

나그네 가는 길에 저녁노을은 아름다워라

넓은 만주 들녘에 오곡은 익어 물결치는데

말을 몰아 머나먼 길을 힘차게 달리는구나

고조선의 높은 기상 다시 찾을 길 없지만

선조들의 정신 살려 활을 한 번 당겨 본다오

옛 사람들의 삶은 한 조각 유물로 남았거늘

고요히 간직해 우리의 문화를 세계에 알리리

청명한 가을

푸른빛 가을 하늘은 아름답게 펼쳐지니

코모스모스 꽃 한들한들 여유롭기만 하네

어렴풋이 기억하니 어린 시절이 좋았고

늙은 내 모습이 도리어 신선처럼 사노라

우연히 여인을 만나 사랑을 속삭이니

세상만사 이렇게 즐거울 수 있으리오

덧없는 세월에 인생 화려하지 않지만

시구절 잊어버려 나그네는 부끄러워라

사서를 읽으며 때를

덧없는 인생살이 별것도 아닌 것을

잘났다고 권세 부리니 어찌 공평하리오

부귀영화를 끝없이 즐기는 사람들아

세월이 훌쩍 가 버리면 아무 쓸모가 없네

달빛이 이지러지니 마음은 심란해지는데

새벽이 밝자 닭들은 줄지어 울어대는구나

고요히 사서를 읽으니 근심은 사라져

이 풍류나그네 무엇을 더 바라오리까

괴산 화양구곡

맑고 깨끗한 금사담에 모래가 모여 놀고

유유히 흐르는 물은 임서재를 지나가노라

멀리서 솔바람 불어와 반가운 듯 인사하여

첨성대를 바라보니 신선들이 놀고 있구나

시원한 물이 소를 이루니 달그림자 비치고

바위에 걸터앉아 한 수의 시를 읊조리노라

비단 물결은 미끄러지듯 쉼 없이 흘러가는데

용의 기운이 꿈틀거려서 요란하기 그지없네

가락 속의 금문고

꽃이 필 때부터 본디 아름다움이 있으니

일평생 애지중지 집에서 정성껏 키운다오

나그네 술을 마시니 이내 풍류가 살아나고

이 몸 벼슬에 출사하니 풍채는 늠름하여라

아침부터 책을 펼쳐 읽으니 세상이 보여

가락 속의 금문고 한 곡에 마음이 녹아나네

마을 정자에서 시름 속에 세월을 즐기는데

강가에 바람이 스치니 그리움이 밀려들구나

진주 남강에서

지리산의 가을 풍경은 정말 아름다운데

지금은 가 보지 못해 지는 해를 바라보노라

예전에는 나날이 인생을 즐겁게 보냈지만

홀로 남강물을 바라보며 낚시를 즐긴다오

몸은 비록 늙어서 반겨 주는 이 없다 해도

때때로 시를 쓰고 있어 좋은 구절 생각나네

떠나간 임을 기다리며 한숨 짓는 나그네여

세상 시름 모두 잊고 풍류나 즐겨 보자구나

고향에 낙향

봄바람 실실 불어오니 문득 그리움이 밀려와

밭에 나가 무심코 배추를 한번 심어 보려 하네

일찍이 관직에 나가 임금을 도와 살았는데

이제 도성을 떠나 한가롭게 농사일에 전념하노라

돌아본즉 한 가닥 꿈이 스치고 지나가는 듯

아쉬움과 애절함이 가슴에 남아 마음을 울리네

남쪽에는 꽃 피고 여유로워 태평성대가 이어져

소 몰고 나가니 개구리 소리가 내 고향이로구나

관직 정3품

시골에서 올라와 하급 관리로 일하다가

시 한 수를 지어 정3품 반열에 들었구나

세상은 어지럽고 당파는 끝이 없는데

태평성대는 아득하니 어찌 살아가리오

아끼던 거문고 잊어버려 풍류만 읊으니

관직 벗어 놓고 문득 신선이 되고 싶어라

취한 눈으로 세상을 지긋이 바라볼 때

권세 높다고 부질없이 자랑들 하지 마오

태안 안면도 꽃 축제

솔 향기 가득한 안면도 해변가에 선 풍류나그네

서해 바다를 바라보니 아득한 수평선이 펼쳐지네

바위에 부딪히는 파도의 물결은 마치 구름 같고

운여해변은 일몰을 보기에는 정말 환상적이로다

조개 부지 패총은 지나간 역사의 한 조각이지만

시 한 수 흩날리는 바람 아래 해변은 아름다워라

가을 꽃 축제는 명소로 자리한 지 오래되었는데

해산물이 풍부한 안면도 즐기기에 금상첨화로다

경주 여행

보문호수의 단풍잎은 가을 바람에 흩어지고

피리 소리에 강물은 유유히 남으로 흘러가네.

오랜 세월 감은사는 비바람에 주춧돌만 남아

천년의 영화로움은 꿈결처럼 사라져 버렸구나

홀로 남은 첨성대는 코스모스 꽃이 가득하고

포석정의 술잔은 풍류를 싣고 임에게로 가네

옛 시절을 그리워하는 나그네 슬픔을 안고서

한가롭게 앉아 거문고 퉁기며 인생을 돌아보네

한강 다리에서 가을 풍경

친구를 만나 즐거움 나누면 근심도 사라져

초라한 나그네 누구랑 인생을 한번 논하랴

일상을 접어 놓고 서울에 벗을 찾아 가는데

천안 삼거리에서 지친 몸 술로 여독을 푸네

창가에 대나무 바람은 달님을 불러오고

잠 못 이루는 이 청춘 풍류를 한 수 읊는다

시인은 굳이 이 세상을 원망하지 않으니

다시 한강 다리에서 가을 풍경을 바라본다오

만인에게 덕을 베풀까

비구름 유유히 산 넘어 돌아오지 않으니

한가한 나그네 절가에서 풍경 소리 듣네

기이한 소나무 도인에게 향기를 내는데

꽃을 바라보니 아직 청춘은 남아 있구나

풍류를 읊으니 도리어 세월은 가 버리고

달 밝은 밤에 홀로 슬피 가야금 타노라

어찌하면 만인에게 덕을 베풀까 하다가

대밭에서 맑은 물을 먹고 근심이 쌓이네

33년간 공직 생활

말년에 공직을 접으니 마음은 심란한데

이 몸은 늙고 늙어 생로병사의 기로에 섰네

해 기울자 사리문 닫고 책을 펼쳐 읽으니

창가에 달이 밝았다 이지러져 활 모양이로다

나그네는 하루에도 수시로 풍류를 읊는데

막걸리가 떨어지면 쓸쓸히 가야금을 탄다오

세월은 유수같이 흘러 참으로 아쉽지만

어찌하여 여인도 없이 홀로 살아가는가

비단 치마에 시를 쓰고

한 줄기 의창구청에 비바람 흩날리고

매화나무에 종달새 오래 머물러 있네

개울가 버들강아지 봄바람을 즐기니

짙은 솔은 언제나 하늘을 향하는구나

나그네 시름없이 인생을 되돌아보니

화려함은 없고 풍류만 줄곧 읊었노라

비단 치마에 시를 정성껏 써 주었더니

사랑하는 여인 좋아서 어쩔 줄 모르네

초로에 풍류 한 수

수년 전 이곳은 농사일로 일생을 보냈으니

젊은 날 시골에 살아 옛이야기를 즐긴다오

지금은 이와 같이 변하여 한가로운 나그네여

순박하게 살다 보니 이미 어른이 되었구려

명곡로 하천의 고운 모래 밥은 부드러워서

물고기들과 노닐다가 홀연히 돌아오는구나

초로에 풍류를 한 수 접하니 해는 저물어

멀리서 기적 소리만 간간이 울려 퍼지노라

서울 경복궁

청명한 가을 날씨에 홀로 경회루에 올라보니

힘들고 파리했던 그 시절이 진정 그리워지네

일평생 희로애락은 저 경복궁으로 숨어들고

다정한 대감들은 산이 좋아 먼저 가 버렸구나

한 줄기 내리는 비는 아쉬운 마음을 달래 주듯

전어회 한 접시에 소주 한잔이 자꾸 생각난다오

내일 저녁은 굳이 우상이 없어도 즐길 것이니

술잔 놓고 시 한 수 읊다가 경복궁을 바라보노라

세월의 그림자

아름다운 꽃잎에 옛 시절을 생각하니

밝은 달님이 강가를 비추고 있는구나

버드나무 숲은 나그네를 반기는데

강가의 나무들은 바람에 한들거리네

농부들은 즐거이 술을 마시고 놀 때

세월의 그림자는 몸마저 늙게 하노라

어둠이 깃들자 모두들 고요해지거늘

오직 가슴에 남는 것은 그리움뿐이로다

강릉 경포호수

천리 먼 곳 동해 바다 경포대에 오르니

그림처럼 아름다운 호수에 풍류를 즐기네

꽃잎들은 한들한들 바람에 나폴거리더니

그늘진 솔밭에 나그네 모여서 노래하구나

파도치는 경포호수에 발자국 아득하는데

젊은 연인들 시름없이 사랑을 속삭이노라

강릉에서 만난 여인 그리움에 사무쳐서

무심히 걸어 보니 이내 마음 서글퍼지네

신라의 관리

복사꽃 아름답게 핀 강가에 임을 기다리고

따로이 화사하게 줄곧 향기를 자랑하구나

안개 자욱한 밭가에 꽃잎은 웃음 짓더니

살랑거리는 봄바람에 나그네는 꿈을 꾸네

진평왕의 후덕한 은혜에 아직 잊지 못하고

외국 사신을 맞이하느라 오늘도 분주하여라

고단한 채로 접대를 하니 심신은 피로한데

무엇 하러 관리가 되어 이렇게 고생하느냐

강화군 석모도

물결이 잔잔하게 이는 서해 바다 작은 섬들

석모도의 풍경은 진정 평화롭고 아름다워라

파도치는 모래 해수욕장 사랑이 깊어 가고

장회리 낙조마을에는 풍류를 실어 오는구나

보문사의 종소리 나그네 발길 멈추게 하더니

초록빛으로 물든 들길은 한폭의 그림이로다

작은 돛배는 그리움 싣고 어디론가 가건만

애타는 이 심정 밤비만 소리 없이 내리노라

이른 봄날

강가에 꽃은 피고 시냇물 흐르는 이른 봄

마을 정자에 홀로 앉아 뭇 시름에 젖어 보네

세월의 흐름 앞에선 지는 해 애처로워서

술 한 말 지고서 어느 양반 집을 찾아가네

마님은 원래 집 안에만 있어 보기 힘든데

이렇게 만나니 반가워 가슴만 설레이구나

예전에는 우리 선비들이 풍류를 즐겼지만

이제는 같이 놀아 줄 여인도 가야금도 없어라

대동강에서 뱃놀이

옛 송도에서 같이 놀던 친구들 소식 없고

그 시절 그리운 나그네는 새삼 눈물 짓네

대동강에서 뱃놀이하며 풍류를 즐겼는데

의젓한 선비로 살아가던 때가 아득하여라

유유히 흐르는 맑은 강물은 태평 시절이요

힘차게 달리던 천리마는 이미 떠나갔구나

오월의 푸르름은 포근한 버들바람 불어와

공연히 임 생각이 나서 슬픈 노래 불러보네

시골에서 세월을 낚는 나그네

바람이 지나가듯 속절없이 빠른 인생이라

꿈을 이루지 못해 아쉬운 마음 금할 길 없네

허접한 농부가 되어 촌에 머물고 있지만

그래서 문인들과 어울리지도 놀 수도 없어라

부질없는 나그네 풍류나 한 수 읊어 보거늘

번잡함을 피하여 한적한 곳에서 살아가노라

시골에서 세월을 낚는 맛을 뉘라서 알겠나만

밤 늦도록 잠 못 이루어 홀로 술잔을 기울이네

사랑도 절로 절로

한가한 인생 거리에서 노래 한 곡 부르니

강가 어느 들에 유채꽃 한 아름 피었구나

아름다운 시냇가 마을들은 한가로워서

숲풀 우거진 계곡 물은 남쪽으로 흐르네

일렁이는 밀밭 길은 한 폭의 그림인데

술 취한 시인은 비틀비틀 풍류를 즐기네

나그네 가는 길에 사랑도 절로 절로

오늘 아니면 언제 임과 한번 놀아 보리

젊었을 때 노력해야

친구에게는 응당 우정이 항상 싹터야 하고

만사의 뜻을 이루는 데 숨은 노력이 있어야 하네

아침저녁으로 글 읽는 향기가 짙을 것이니

구차하게 내 인생을 알리려고 하지 않으리오

욕심을 내려놓으면 절로 세상이 아름답고

이팔청춘 짧은 시간을 헛되이 해서는 안 되네

어찌하여 노력도 없이 뜻을 이룰 수 있는지

낮 밤을 구분없이 정성을 쏟아야 성공하리라

산속에서 수행

신선이 되고 싶어 깊은 산속에 들어가 보니

돌아갈 생각은 추호도 없어 세월만 흘렀노라

저물녘 산중에는 여우 소리에 마음 움츠리고

도토리 떨어지니 부엉이도 놀라 달아나는구나

흐르는 물결은 바위에 부딪쳐 천고의 풍류요

꽃다운 이팔청춘 가고 한잔의 술을 마시네

속된 마음을 접고 유유자적 시골 길을 지나다

고운 여인을 만나 놀다 보니 하루가 너무 짧구나

코로나 시대

코로나로 죽어 가는 국민들은 말할 것도 없고

환자는 아득하게 마을에서 점점 떠나가는구나

사람이 죽어 가니 사회 분위기는 음산해지는데

정부에서는 무슨 정책으로 민심을 안정시킬까요

예방약은 단지 미국에서 수입해 와야 하지만

한 가닥 희망으로 기다리며 세월을 낚고 있노라

다행이도 천리 먼 나라에서 속히 약이 온다 하니

우리의 건강한 삶을 지킬 수 있어 안심이 된다오

팔미지황탕

한가하게 정자에 오르니 생각은 깊어지고

뭇 시름 달래려고 조용히 풍류를 읊는다오

함께 즐겨야 할 벗이 없어 아쉬움 있는데

멀리서 달빛이 밝게 나그네를 비추는구려

차가운 날씨에 봄은 멀고 바람은 거세지니

팔미지황탕을 끓여서 기운을 복돋아 보네

어진 선비는 봄이 돌아오면 꽃구경 가서

좋은 여인을 만나면 일평생을 사랑하리오

궁벽한 시골

시골 냇가에 우뚝 선 팔각정에 앉아서

풍류를 한 수 읊어 보니 절로 서글퍼지네

바람 부는 들판에 오곡은 일렁거리는데

서늘한 날씨에 강물은 어디로 흘러가는가

밭 일구어 놓고 돌아서니 하루해 기울어

초라한 나그네는 지난 날과 다를 바 없네

친구들 떠나간 자리 그리움만 남아 있지만

궁벽한 촌에서 혼자 살기가 무척 쓸쓸해라

가는 세월

친구가 복사꽃 저 너머 언덕길로 떠나가니

풍류를 겨루어 볼 사람조차 없어 슬퍼구나

애석하게도 빈 술잔은 바람에 쓸려가 버려

어두운 밤이면 별빛 쏟아져 한가롭기만 하네

흐르는 세월에 나그네는 시를 쓰고 있지만

개울가 물소리에 사연을 싣고 떠나려 하구나

수심에 젖은 시인은 옛 임이 그립기만 한데

등불 앞의 가야금은 가는 세월 잡지 못하네

아득한 젊은 청춘

남산에 올라 구름에 걸려 있는 달을 보니

부끄럽게도 내 인생이 허무하게 살았구나

굳이 풍류를 읊지 않아도 꽃들은 피는데

봄바람에 해풍은 가끔 고향 소식 전해 오네

몇 번이고 마을에 가 보니 임의 흔적은 없고

고목만 쓸쓸히 봄바람을 시름없이 맞이하네

여기에 있는 나그네 고결하게 살아가는데

그래도 아득한 젊은 청춘 때가 더 좋았노라

옛 시절 그립고

벚꽃나무 우거져 담을 넘어 집을 덮으니

그늘진 마당가에 꽃향기 흩날리고 있구나

벌 나비 세월을 즐기며 낮에 놀다 가고

남쪽에서 제비 돌아와 박씨를 물고 온다오

젊은 날에 큰 꿈 버린 지 오래되었지만

황혼이 깃들어도 흥취는 아직 살아 있다네

내 생애에 좋은 벗을 만나 풍류를 읊어도

옛 시절이 그립고 사랑했던 임이 보고파라

고고한 시문

흐르는 물소리에 여름은 시작되고

작은 새들이 모여 노래하니 즐거워라

꽃향기 속에 나그네 숨어 지냈더니

천국에 온 듯 아름답고 신선하구나

고고한 시문은 참으로 자랑할 만한데

아득한 세월은 마음을 어지럽게 한다오

낮술에 자주 취하니 벗이 싫어져서

몇 달 동안 두문불출하여 무료하네

명동에서 옛 추억

비바람 몰아친 마을에 어둠 내리니

정자에 놀던 나그네 어찌 돌아가리오

통소 한 가락에 버들잎 춤을 추는데

나뭇가지에 까치 홀로 풍류를 즐기네

빗속을 터벅터벅 걸어 보는 명동거리

옛 추억을 더듬어며 빗물에 젖어 드네

차라리 지워 버릴까 가슴 아픈 사연들

그대는 몰라 술잔을 쓸쓸히 기울이네

산청 대원사

남해에서 산청까진 불과 수백 리 길이라

하루해가 지기 전에 대원사에 도착을 했네

근엄한 종소리는 심금을 울리고 있는데

멀리서도 은은하게 들려 하루가 저문다오

울창한 숲에 계곡물은 쉼 없이 흘러가고

풍류를 가득 실은 수레는 오고 가는구나

나그네들은 부처님께 온종일 기도했지만

마음속에 욕망이 차 있어 자비와는 멀구나

화려했던 백제

백제 여인 곱다 한들 떨어지는 꽃잎과 다를 바 없고

부소산을 돌아가는 나그네 문득 옛 시절이 그리워라

고란사의 종소리 은은하여 소리마저 애처로운데

유유히 흘러가는 백마강 한 조각 아득한 꿈이로다

불타 버린 옛 성터를 멀리 바라보니 상심이 크지만

무정한 세월은 풍류도 잊은 채 쉼 없이 흘러간다오

화려했던 역사는 짧지만 예술은 길게 남아 있어

백마강에 드나드는 황포돛대는 문명을 길이 전하네

남강 촉석루

관직을 그만두고 필마로 고향에 돌아오다가

옛 생각이 나서 기꺼이 홀로 촉석루에 올랐네

풍경이 좋아 넋 놓고 멀리 남쪽을 굽어보니

대숲은 울창하고 고목은 이미 단풍이 들었구나

높디높은 성곽은 벌써부터 어둠이 깊어 가고

쓸쓸한 가을밤은 달빛만 유난히도 아름다워라

강물은 나그네 마음을 모르는지 고요하는데

덧없는 세월 속에 끝내 한 수의 풍류만 남았네

명산의 도인

섬진강에 배 띄워 놓고 고기잡이 나서며

서쪽 하늘 바라보니 저녁노을이 아련하네

흘러가는 강물은 푸른들과 이별하건만

어린 시절 벗을 만나 흥미롭게 이야기하네

말 타고 병정놀이 할 때 절로 즐거운데

명산에 은거하여 도인이 되어 어이하리오

추적추적 내리는 밤비는 나그네 슬픔인가

홀로 책을 펴 놓고 풍류를 한 수 읊는구나

겨울의 어린 시절 일상

창밖에 휘날리는 눈보라가 바람에 거세지니

몸은 웅크리고 있어도 도리어 추위가 반가워라

썰매는 눈 오기를 기다려 이제야 빛을 보는데

냇가에 얼음 조각은 나그네 마음을 유혹한다오

오후에 나무 한 짐하고 벗들과 자치기를 하며

즐겁게 놀다 보니 하루가 훌쩍 가 버리는구나

기나긴 겨울도 가고 봄바람은 실실히 불어와

장차 후배들과 더불어 민속놀이를 전해 주리다

충남 금강

소낙비 우수수 내리니 허공에 무지개 솟아

물결은 쉼 없이 굽이쳐 흘러흘러 어디로 가나

금강에서 낚시질하니 물고기 가득 올라와

벗님네들과 술잔 기울이며 만고강산 즐거워라

시원한 바람은 구름을 몰고와 한가로운데

그늘진 강가에 나그네들이 풍류를 즐기는구나

너무나 아름다운 밤 가슴을 설레게 하는데

저녁 바람에 흩날리는 마음 낸들 어이하리오

사랑과 풍류가 전부

서쪽 하늘에 무지개 아름답게 수놓고 있어

바람이 불어와 꽃들은 저마다 향기를 흘리네

우연히 계절 따라 강가에서 뱃놀이 즐기니

객들이 부러워하여 풍류가 절로 살아난다오

아무렴 취해서 하루가 저물었는지 모르고

벗들이 사라지니 홀로 달빛 밟고 돌아왔구나

침상에서 생각하니 청춘은 온데간데없지만

남은 것은 오로지 사랑과 풍류가 전부라네

천상에서 꿈을

늙어 갈수록 풍류에 대한 생각은 깊어지고

하루를 안락하게 여생을 즐겁게 보낸다오

시냇가 갈대 숲에 달그림자 불러오더니

창가에 배추밭은 온종일 빗소리 들리노라

무지개 꽃 피어나니 시원한 바람 불고

마을 정자에 앉아서 장기를 한 수 둔다오

홀로 시에 심취하여 잠시 꿈을 꾸었더니

천상에 온 듯 개구리 소리에 일어나구나

그림 같은 집에서 풍류

시골에 봄이 오니 꽃은 저절로 피어나고

들에 핀 민들레 꽃 바람에 나풀거리노라

강남 갔던 제비 돌아와 세월을 노래하니

오월의 밀밭 길 싱그러움에 물결치는구나

의리만 지킨 나그네 진실로 소용없지만

술 항아리 속의 추억들은 어찌 말하리오

월나라 미인 서시를 불러 놓고 놀 만한데

그림 같은 집에서 풍류를 한 수 즐기노라

제주 관광

푸른 물결 춤추니 갈매기 날아오르고

기이한 물고기 낚시줄에 걸려드는구나

저녁 노을은 절반쯤 구름 속에 묻히니

뭇 사람들은 아름다운 제주에 모여드네

새해는 한라산에 올라 소원을 비는데

한가로운 이 나그네 우도까지 관광하리

유채꽃은 소리 없이 피어 임 그립나니

그대여 떠나가도 내 사랑 놓고 가시오

꿈도 사랑도

비스듬히 누운 산허리 돌을 베고 누었더니

시원한 바람 불어와 나그네를 휘감아 도네

시름없이 글공부하다 여가를 즐길 수 없어

무심코 대나무 하나를 베어 활을 만드는구나

젊은 날 병정놀이하며 힘차게 살았지만

꿈도 사랑도 다 사라지고 홀로 눈물짓누나

한 잔의 술로 마음 달래니 달님은 웃는데

애창곡 한 곡 불러도 빈 가슴 채울 길 없어라

동헌에서 풍류

봄이 오매 꽃들이 흐드러지게 피는데

짙은 안개가 저녁까지 마을을 휘감구나

속세에서는 인간의 욕망을 피할 수 없어

마음을 수련해야 하늘과 가까워지노라

나그네 삶은 언제나 슬프고 힘겨워서

맑은 정신으로 만인을 대하기 어렵구나

동헌에 가서 사또와 풍류를 읊고 놀다가

늦게 돌아오니 밝은 달이 기이하게 웃네

궁궐에서 정사

맑은 하늘 푸른 물결에 꽃바람 불어오니

나그네 마음엔 이미 풍류가 살아나는구나

산천은 비에 젖어 싱그러움 가득하거늘

황혼으로 물드는 마을에 노을이 아름다워라

만남과 헤어짐은 단지 인연 따라 변하지만

궁궐에서 정사를 보다 감히 임금을 알현하네

마패 하나로 큰 거리에서 민심을 살피며

풍류가 담긴 책을 들고 지는 해를 바라보네

대구 옥연지

아득한 산세에 둘러싸인 옥연지는 아름다워

나그네 고개 돌려 우연히 풍경에 취하는구나

그리움을 안고 물레방아는 쉼 없이 돌고 돌아

팔각정에 앉으니 한 수의 풍류가 살아나네

힘겹게 살아온 인생 백세교에서 되돌아보니

아~아 세월은 무심하고 분수는 한가로워라

들꽃은 넓은 호수를 감싸고 달빛은 밝은데

잃어버린 내 청춘을 어디서 하소연하리오

동풍은 불어오고

외로운 섬마을 파도는 줄곧 일어나더니

갈매기는 더욱이 하늘 높이 날고 있구나

나그네 모여도 시름겨워 술 먹기 어렵고

공무가 쌓여도 언제 처리할지 태평이로다

봄이 와도 북쪽에는 잔설이 남아 있는데

따뜻한 봄바람은 유독 마음을 설레게 하네

붓을 들고 가는 세월 아쉬워 시를 쓰니

동풍이 불어와 나그네 옷깃을 스쳐 간다오

한 자락 풍류

시골에 봄바람 부니 꽃들은 절로 피고

깊숙한 골짜기 서쪽에 이끼만 가득하여라

개구리 울음소리에 논밭은 싱그러워

농부는 태평가를 부르며 모내기에 바쁘네

분주했던 하루의 일과를 접고 돌아오니

향긋한 술 한 잔 어찌 즐기지 않으리오

젊은 시절 공맹에 뜻을 두고 살아왔지만

얻은 것은 없고 한 자락 풍류만 남았구나

충북 속리산

저 멀리 속리산 자락에 비가 내렸는데

오늘따라 바라보니 무릉도원인가 싶네

풍경이 좋아서 이미 산에 눌러앉으니

바람이 세차게 불어 희로애락 펄럭이네

사나이 멍든 가슴에 옛정이 스며들어

부질없는 인생 술잔 기울이니 해가 지네

세월은 비록 짧지만 속절없이 흘러가고

울던 가야금도 멈추고 임마저 가는구나

지구별에 소풍

한적한 누각에 파도 소리 아득히 들리고

하현달은 어느새 절벽 아래로 떨어지노라

돛배에 실은 풍류는 나그네에게 선물하니

푸른 물결은 수평선 넘어 고요히 일렁이네

산 밑에 짙은 그림자 가을빛으로 젖어 들어

길가에 핀 들국화 시들시들 절로 지는구나

청춘은 간데없고 홀로 시름없이 걸으니

지구별에 소풍은 왜 왔는지 즐겁지 않으리

눈 내리는 겨울

섣달에 내리는 하얀 눈은 정말 아름다워

대밭 속으로 펄펄 흩어져 마음 설레이는구나

남녀노소 불문하고 좋아서 어쩔 줄 모르고

나그네 가는 길에 뽀도득 뽀도득 즐거워라

하늘에서 오신 손님 옷깃을 젖게 하지만

썰매를 타고 노니 천국에 온 듯 착각하구나

세해는 좋은 일이 생길지 벌써 기대하는데

눈밭에서 뒹굴고 노니 세상 부러울 것 없네

평양성

대동강에 바람 부니 평양성은 고요하고

부벽루에 올라 한 수의 풍류를 읊는다오

푸른 강물은 어찌 저리도 아름다운지

세월은 속절없이 흘러 평양기생이 그립네

피리 한 곡 불러보니 노을을 짙어져

옛 성터만 남고 영웅들은 간 곳이 없네

풍류를 즐기는 나그네 보이지 않지만

가야금을 타던 여인은 언제 돌아오느냐

풍류를 싣고 뱃놀이

저녁 바람 헤치고 유유히 가는 뱃놀이에

나그네 마음 싣고 풍류를 싣고 가는구나

산을 바라보니 마을은 점점 아득히 멀어지고

물고기 낚으러 섬에 닿으니 새들의 천국일세

아름다움에 취해 벌써부터 정이 들어가는데

파도 소리에 고요히 잠을 청하니 자장가로다

고향만리 돌아갈 날이 어느 때가 될는지

칠월의 노을은 진정 마음을 황홀하게 하네

시인의 마음

아름다운 이 계절 그리움은 더 깊어지고

겹겹이 쌓인 한 자락 추억으로 시를 쓰네

마음은 비록 가을 속에 지나가게 하지만

나도 몰래 황혼으로 자꾸만 늙어 가는구나

풍류나그네 가난하여도 하소연할 곳 없어

때때로 달을 불러 놓고 술잔을 기울이노라

이처럼 세월을 보내니 알아주는 이 없는데

가야금은 절로 절로 시인의 마음을 달래 주네

겨울 풍경

깊은 밤에 달빛이 휘영청 밝으니 임이 그리워서

잠을 설치다가 깊숙한 안방에서 사랑의 시를 쓰네

서리 내린 대나무숲은 바람결에 우수수 떨어지고

흰 구름 떠돌다가 솔밭에 앉아 풍류를 읊고 있구나

화로에 불씨를 지펴 고구마를 구워 먹고 있으니

무서운 칼바람이 가슴 한쪽을 훑고 지나가노라

한가롭게 아침에 일어나니 고드름이 줄지어 있어

이 겨울에 찾는 이 없어 혼자 책을 펼쳐 읽는다오

이 밤에 따르는 이별주

멀리 북쪽 산가로 단풍이 곱게 물들어 가고

바람이 지나가는 곳에 시인이 살고 있었네

필마를 타고 돌아보니 풍경이 아름다워

문득 고향이 생각나 한 수의 시를 지어 본다

스산한 가을 바람은 소리 소리 그리움인가

미련만 남기고 간 사람 가슴을 멍들게 하네

술만 먹고 하염없이 헤매이는 풍류나그네여

이 밤에 따르는 이별주는 마음만 애달프구나

경기 포천

맑고 청명한 가을 하늘은 아득히 멀고

매화야 금수정에 올라 달구경 가자꾸나

서늘한 바람 소리에 마음이 처량하지만

대나무 그림자 이슬 머금고 나를 반기노라

새벽 공기 차가워 구름은 고요히 사라져

나그네 마음이 울적하니 가슴마저 서러워라

강가를 바라보니 코스모스 길 정겨운데

포천은 끊임없이 긴 강물을 두르고 있구나

순수하고 좋았던 세월

인품이 있는 사람이 마땅히 태어나면 좋은데

그렇지 못하니 나쁜 사람이 우글거리고 있구나

지방에서 올라온 친구들 부유하지 못하지만

그래도 순수하고 좋았던 세월 꿈도 따라오네

때로는 서로 의지하여 맛있는 술잔 기울이고

다시 모이면 풍류를 즐기려 바다로 유람 간다오

지난 날을 돌아보니 꿈속인가 아쉬움이 남아

풍진세상에 나그네 시름없이 서울을 바라보네

가끔 즐기는 풍류

봄 향기 호숫가에 푸른빛 싱그럽고

저녁노을 잔잔하여 서쪽으로 흐르네

막걸리 절로 생각나 친구가 그리워

가벼운 마음으로 왕림해 주기 바라오

밤에 핀 꽃들은 비 온 뒤 청순하여

돌아보니 아름다움에 취해 바라보네

가끔 즐기던 풍류는 예사롭지 않아

늙어 가는 모습에 마음이 서글퍼구나

코로나여 떠나라

한 줄기 강바람은 시름없이 길게 불어오는데

태평성대를 누리지 못하니 마음만 서글퍼라

코로나는 언제까지 이 세상을 휩쓸고 갈지

참담한 인생살이 그 뜻을 하늘만이 알 것인가

순수한 새벽 별은 아름답게 깜빡이고 있는데

풍류나그네 시 한 구절로 마음을 달래 본다오

작은 시냇가에 앉아 낚시로 세월을 보내지만

유유히 놀던 물고기 간 곳 없고 조각달 비추네

사랑하는 여인에게

하늘이 주신 인연으로

어느 봄날에 만났구나

좋은 인연되어 오래 사랑하리

순수한 내 마음 받아 주고

좋은 기억만 오래 간직하소서

둘이서 좋은 시간 자주 만들고

아름다운 사랑 오래 가꾸고 싶어라

굳이 말하자면
우리는 이제부터 시작이야
둘이서 꽃길만 걷고

즐겁고 웃으며 행복하자구나

사랑한다 나의 여인아

짧은 내 청춘

날이 저물수록 근심은 시름없이 쌓이는데

어찌하여 일을 팽개치고 술만 즐기는가

새벽을 기다려도 밝은 해는 뜨지 않으니

차가운 바람은 오늘도 여전히 불어온다오

옛 추억을 잊고자 해도 오히려 그리워져

풍류를 한 수 읊다가 꾸뻑 잠이 쏟아지네

덧없이 보낸 짧은 내 청춘이 한심스러워

이 밤도 술잔 기울이며 애창곡을 불러보네

풍류나 읊고 군자답게 살자

이내 청춘 젊음을 헛되이 보냈더니

칠흑 같은 어두운 밤길을 찾지 못하네

사나이 가슴속에 대망을 품지 않으면

시골에서 무엇을 할지 가필하기 어려워라

꿈도 사랑도 초라하게 시들은 내 청춘아

세상을 혼자 나서니 그다지 반겨 주지 않네

날마다 풍류나 읊고 군자답지 못했지만

이제부터 벗들을 멀리하고 열심히 산다오

복사꽃 밑에서 시를 읽고

봄비에 젖은 꽃잎 낙화되어 진정 애처롭고

술잔에 벗꽃 한 잎 띄워 풍류를 즐기는구나

푸르름이 가득한 들길 낙동강이 가까워

시골에 사는 내 신세 청춘은 멀리 가 버렸네

따뜻한 봄바람에 마음 느긋하여 강을 보니

젊은 시절 수양을 못 해 나이 들어 부끄럽네

고서 읽은 덕에 복사꽃 밑에서 시를 쓰고

벗들과 낚시를 즐기러 냇가로 몰려 나간다오

벚꽃 가지 늘어져

화사한 복사꽃은 온통 비에 젖어 있는데

밭가에 줄지어 서서 나그네를 무척 반기네

물가에 개구리 우니 농촌은 더 싱그럽고

벚꽃 가지 늘어져 봄날은 진정 아름다워라

호박 구덩이 파고 보니 막걸리가 그리운데

따뜻한 바람 불어와 해는 서쪽으로 기우네

지나가는 수레 붙들고 어디가나 물었더니

황제 폐하는 풍류시인 알아보고 반가워하네

풍류시집 한 권

빈부 차이로 민심이 흉흉하여 걱정이 되고

육십 인생에 가세는 더욱 기울어져 가노라

향기 좋은 포도주가 마음을 달래 주지만

세상살이 모두가 힘들다 하니 어찌하랴

남산에 꽃잎은 떨어지니 풍류는 아득하고

나그네 갈 곳 없어 달이 밝혀 주니 기이하네

우연히 벗을 만나 오로지 반갑기만 한데

헤어지기가 아쉬워 풍류시집 한 권을 전하네

고명한 풍류선생

베개를 높이 베고 침상에서 잠을 청하니

사방이 모두가 고요하여 시름은 사라지네

달그림자 창가에 다가와 벗이 되어 주고

이른 봄에 매화는 나그네에게 인사하구나

몇 줄의 글을 읽으니 선인들이 생각나서

몸과 마음을 정갈하여 선비로 살아가노라

봄빛은 시인의 집에 먼저 찾아오더니

고명한 풍류선생에게 손님이 모여드는구나

순박한 사랑

봄빛 가득한 길가에 한 떨기 핀 매화야

청순한 얼굴은 옥빛 물결보다 더 곱구나

정자에 올라 시내를 바라보는 너의 모습

아름다워 수많은 꽃들이 시기를 하겠네

달빛에 사랑을 싣고 그리움 달래 보지만

어이해서 만날 수가 없는지 야속하여라

사랑스런 그대여 순박한 사랑 애달픈데

나그네는 쓸쓸히 혼자 술잔 기울이노라

강원도 정동진

동해 바닷가 한 그루의 소나무 여전히 푸르고

길게 뻗은 철길은 서울 나그네를 싣고 오네

동쪽에 위치한 정동진은 너무나 아름다워서

날마다 이렇게 시를 쓰고 풍경을 즐기는구나

하얀 모래밭에 남긴 순수한 사랑은 그립고

시름없이 밀려오는 풍류는 마음 설레게 하네

모래시계는 임을 기다리듯 줄곧 돌아가는데

젊은 내 청춘은 어디 갔는지 소식이 없구나

나그네 흙에 묻혀 살고

작은 다락 논에 벼농사 한가롭지 못해도

비 온 뒤 천천히 물을 대니 생기가 넘치네

논두렁의 민들레 바람에 아득히 날아가고

산 넘어 구름은 임 소식 안고 돌아오누나

솔 향기 냇물에 실러 세월을 노래하는데

나그네는 풍류를 접고 흙에 묻혀 산다오

새벽에 소 몰고 나오니 새소리 가득하니

봄날은 잊고 혼자 시름하니 한심하구나

동방의 풍류시인

하늘가에 북한산은 아득하게 높고 높아

희미한 별빛들은 마을 끝을 휘감아 도네

푸르게 흐르는 강물 세월을 흘러 보내고

떠오르는 옛 추억 겨우 시간을 펼쳐 본다

춘하추동 아름다운 세상 사랑도 인생도

잘나가는 사람들아 제발 고만하지 말라

동방의 풍류시인은 고을 원님과 술을 먹고

불어오는 바람결에 시 한 수를 날려 보낸다

한 시절을 풍미

차디찬 겨울밤은 길고 어두운 나날로 이어져

홀로 시름에 젖어 달빛을 한없이 바라보는구나

구름 넘어 북쪽으로 대궐은 웅장하고 아득하여

대신들과 정사를 논하던 세월은 훌쩍 가 버렸네

한강을 건너 뒤돌아보니 옛 시절은 그리운데

풍류를 한 수 읊으니 강물은 유유히 흘러가노라

큰 꿈은 이루지 못하여도 한 시절을 풍미했고

이제는 늙은 몸이라 쓸모없는 나그네 인생이라오

이 가을의 풍요로움

가을빛으로 물들어 가는 이 좋은 계절에

홀로 누각에 앉아 천천히 술잔 기울이네

거문고 소리에 마음은 녹고 애잔하지만

나그네 모여들고 예쁜 여인들 가득하여라

국화 향기 솔솔 퍼지니 가을은 아름다워

가 버린 그 사람은 아련히 가슴에 남구나

바람결에 우수수 떨어지는 낙엽은 슬픈데

이 가을의 풍요로움은 누구랑 즐기오리까

전주 덕진공원

졸졸 흐르는 물소리에 저녁노을은 붉어지고

우거진 대나무 그늘은 바람에 쓸쓸하구나

어둠이 내리는 숲에 기이하게 달이 걸려 있고

호숫가에는 깃발이 바람에 한껏 펄럭이노라

부질없는 나그네 천 번 만 번 풍류를 읊지만

깊고 깊은 마음속에 사랑의 그림자 깊구나

덕진공원은 경치가 수려하여 화가들 불러 모아

아름다운 그림 그려 내 집에 걸어 놓고 즐긴다오

한심한 시인

나그네 내심 시를 아끼고 사랑하여

시냇가 술집에 앉아 풍류를 읊었노라

달빛은 여인 같이 아름답고 밝으며

마을에는 맑은 강물이 흘러가는구나

선비는 술을 먹어도 오히려 예스럽고

이 나라의 주인으로 세상을 이끌어 가네

한심한 시인은 책을 읽다 졸고 있는데

술병 앞의 가야금은 절로 취해 가는구나

시골의 일상

봄바람은 살랑살랑 불어 끝없이 밀려오고

스러져 가는 시골 초막집에 달빛은 밝구나

한가로운 나그네 지난날과 다르지 않으며

적막한 마을에는 벚꽃 가지만 일렁거리네

예로부터 가야금 한 곡조는 심금을 울리고

들길을 지나며 시 읊으니 마음도 즐거워라

시냇물 소리에 새들은 앞다투어 노래하여

떠나간 친구들은 소식 없어 홀로 늙어 가노라

청춘은 가고 가을만 남았네

초년 공부 게을러서 옛 고전 읽기 어렵고

가을바람에 낙엽 떨어지니 마음 허전하네

일렁이는 황금 들녘 알알이 익고 탐스러워

흐트러진 마음 빈 지게가 나의 벗이로다

대나무 숲 지나 냇가에서 풍류를 읊으니

청춘은 저 멀리 가 버리고 흰머리뿐이네

동네 아이들 공 자치기 놀이 즐겁겠지만

짐짓 해가 기우니 술 생각이 절로 나노라

서울에서 풍류

도봉산 봉우리 홀로 시내를 바라보니

역사의 흥망성쇠 하늘만 변함없구나

밤낮으로 흐르는 한강 넓고 아름다워

서울의 나그네들은 얼마나 즐거하는가

풍류선생은 일찍이 이곳에 삶을 열어

가야금 타고 문학의 지평을 열었노라

평생을 낚시하듯 시를 건지고 있지만

아직도 신선 되기는 빙산의 일각일세

창원 온천지

도연명이 사는 전원시 가 보지 않았지만

아무려면 그곳이 창원 북면이야 하겠는가

하늘가 마을에는 노을빛 단감이 열리고

따뜻한 온천물은 쉼 없이 흘러 넘치는구나

겨울이면 나그네 모여들어 활기 넘치니

두부 한 접시에 막걸리 한잔을 꺾어 드네

온종일 앉아 서산을 멍하니 바라다 보면

신선의 자취는 아득하고 여인들 모여드네

젊은 시절

갈대꽃 한들거리는 서쪽 작은 냇가 아름다워

말을 타고 굽어보니 풍류가 쉼 없이 밀려오네

손이 가는 대로 시를 써 내려가니 마음은 맑고

산과 들은 한눈에 가득 그림처럼 펼쳐지는구나

유유히 흐르는 물결 따라 돛배는 오고 가는데

수양버들 가지에 짝 잃은 새는 슬피 울고 있네

나그네 마땅히 젊은 시절 세상 겁날 것 없지만

이렇게 농사 짓고 한평생 늙어 가니 안타까워라

고상하고 즐거운 것도 한때

동해 바다 멀리 수평선이 펼쳐지더니

작은 고기배들은 아스라이 사라져 가네

잔잔한 파도는 지난날 추억을 말해 주며

순수한 마음 이제껏 아름답게 살았다오

따뜻한 봄바람은 꽃잎을 피어나게 하고

내리는 밤비는 여린 마음을 흠뻑 적시네

고상하고 즐거운 것도 한때인 것을

어쩌다 한 번 실수로 인생이 비굴해지네

흙 속에 삶의 진실

산그림자 내리는 대나무 숲에 집을 지어

바람이 불면 시원하고 풍경은 그림 같구나

아침 일찍 새소리에 고요함은 사라지는데

밭일 나가는 농부들 여기저기 분주하여라

흙 속에 삶의 진실을 헛되이 찾아보지만

나그네 오늘따라 시 읊기는 끝이 없구나

사랑했던 내 여자 고향을 떠난 사람이여

아아 사랑은 못 믿겠더라 모두가 꿈이었네

속세에 죄 많은 중생

대원사 계곡* 붉은 단풍은 아름답고 고요한데

참새 떼 모여드는 들녘 황금빛으로 물드는구나

여문 오곡은 물결치듯 나그네를 살짝 반기며

서늘한 바람이 부니 낙엽은 절로 흩어지노라

인생사 먹고사는 일 그렇게 행복하지 않지만

풍류시인은 오로지 절간에서 마음을 수양하네

속세에 죄 많은 중생 사랑하는 여인과 살면서

풍류를 읊으며 아쉬운 듯 부족한 삶을 즐기네

수레를 타고 가는 나그네

서 생원은 귀한 물건들을 양반집에 파는데

진씨 문중은 천년토록 한 마을에서 살았네

산새는 벚꽃나무 넘어 아득히 노래하지만

하현달은 사랑을 싣고 저 멀리 사라지노라

비 내리는 강가에 수레를 타고 가는 나그네

지방에 사또가 얼른 찾아와 넙죽 절을 하네

부귀 영화도 잠시 일진대 어찌 이러는 거요

허허 그렇게까지 할 것 없으니 돌아가다오

풍류나그네 가는 길

바람이 실실이 불어 꽃향기 흩어지니

초록의 물결은 신선하게 다가오는구나

새벽에 일어나니 붉은 매화 웃음 짓고

개울가 버들강아지 봄을 마음껏 즐기네

어쩌다 산에 앉아 적막한 날을 보내며

한가로운 꽃구경에 임이 절로 그립구나

이 세상이 도리어 천국은 아닐지라도

풍류나그네 가는 길은 즐겁기만 하여라

물레방앗간 사랑

아랫마을 물레방아 밤새 돌고 돌아

임 마중 가고픈 마음 괜스레 설레네

강가 다리 밑에 매화는 홀로 피는데

풍류나그네 해 질 녘에 곧 시를 쓰겠지

천년 사찰 종소리 은은하게 울려 퍼져

사랑하는 임은 누구 품에 고이 잠드냐

모름지기 슬프게 아양곡을 불러봐도

돌아오지 않아 어찌 마음을 다스리오

이 가을에 쓸쓸한 나그네

우거진 단풍나무 여인처럼 곱고 아름다운데

찬 기운에 웅크리다 말고 서럽게 시들었구나

시냇물 가락 소리에 잊었던 옛 추억 살아나고

임이 올까 옷깃 여미고 사리문 앞에 서성이네

붓을 놀려 사랑의 시를 쓰고 품에 간직했는데

야속하게도 오지 않아 허탈하게 돌아서는구나

한가한 나그네 쓸쓸하게 술 한잔 기울이지만

오랜 세월 무엇을 했는지 이 가을은 알리오

창원 봉곡천

봉곡 서쪽 냇가에 가야금 한 줄 뚱겨 보니

개구리 소리 아득하고 봄풀이 무성하구나

풍류를 읊어 세월은 이미 흘러가 버렸는데

맑은 냇물이 어떻게 내 근심을 씻어 주리오

나그네 하루 일은 미리 정해져 있지 않아

천고의 이 몸 부평초 같이 떠돌기만 하네

근심에 젖은 시인은 편안히 쉴 수 없지만

봄바람 불어와 내 집에 꽃들이 향기로워라

아름다운 섬 독도

부실한 몸 이끌고 독도를 줄곧 유람하니

한가로이 풍경에 취해 즐겁기 그지없다오

아득한 저녁노을은 풍류를 잔뜩 실어 오고

갈매기 모여 시를 논하는지 나폴거리노라

아름다운 섬에 연락선 쉼 없이 드나들어

행여 임이 올까 굽이치는 바다를 바라보네

인생이 무엇인지 비로소 독도를 찾아오니

한 시절 꿈도 사라지고 바다 속에 빠져드네

사는 모습 층층이 구만 층

강가 마을에 안개 자욱하고 바람 스산한데

숲속의 달빛은 임을 찾아 서쪽으로 흘려가네

나의 애마는 어디론가 멀리 떠나가 버렸지만

풍류나그네는 시종일관 창원에서 살아간다오

삶의 모습 층층이 달라도 마음은 여유로워

한가한 오후에 고구마 구워 허기 달래노라

뱃사공 불러 간곡히 고기 잡아 주기 바라며

쓸쓸한 저녁 밤 홀로 밥을 지어 상을 차리네

좋은 세상

천고의 풍류가 하나밖에 없다고 하는데

내 감히 폐하를 알현하여 시 경연을 열겠네

걸출한 인재를 새로 선발하여 기강을 세우고

나라의 명예를 높여 개혁을 추진해 나가리다

늙어 가는 이 몸 좋은 세상을 위해 헌신하지만

북쪽 오랑캐들이 수시로 호시탐탐 노리는구나

겨울 찬바람이 무릎을 더욱더 파고드는데

고향이 그리워 풍류를 다시 읊고 시를 쓴다오

시골 풍경

비파를 감미롭게 연주하여 한 시절 놀아 보니

조각달은 춤을 추어 나그네 마음 설레게 하네

가을이 저물어 가는 마을에 풍류는 사라지고

연기 피어 오르니 그제야 농부는 돌아오는구나

나뭇가지에 놀던 까치들은 홀연히 떠나가니

파란 하늘은 어느새 붉은 노을로 덮였노라

친구들 놀다 간 자리 정자는 쓸쓸히 남아 있어

달밤에 술 한 병 들고 누구랑 즐기면 좋으리까

국화 향에 취해

깊고 깊은 산속에 많은 꽃들이 피었는데

청순한 모습에 반해 벌들이 날아들었구나

산사의 풍경은 아름다워 풍류를 읊으니

나그네 모여들고 가을이 무르익어 가노라

국화 향에 취해 달그림자 밟지 못하지만

계곡의 시원한 물소리 나뭇가지를 흔드네

홀로 명상에 잠겨 보니 지난 세월 허무하니

그대들이여 짧은 인생 너무 욕심내지 말게

비단 치마에 시

밭가에 복사꽃 아름다움을 한껏 자랑하여

홀로 향기를 즐기니 청춘은 곧장 돌아오네

울타리에 옥수수 수줍은 듯 고개 숙이고

고구마 넝쿨 비 온 뒤 녹음이 짙어 가는구나

낙동강변에 감자는 탐스러워 먹을 만한데

강물은 유유히 흘러 시름없이 노래한다오

열두 줄 가야금에 마음 실으니 임이 그리워

수시로 풍류를 읊어 비단 치마에 시를 쓰네

우거진 복사꽃

서울의 양반들 호방하다 들었지만

늘 농사짓는 내 초라함은 우습구나

새들을 쫓다가 풍류도 잊어버리고

낮질에 구슬땀 흘리며 한숨 짓노라

우거진 복사꽃 가지 안개 자욱하고

부추 심은 창가에 빗소리만 들리네

이백의 고귀한 시를 아주 사랑했는데

이 풍류선생은 일평생 나의 스승이로다

조선의 정신

강가의 수양버들은 고요하기 이를 데 없고

밝은 달이 일찍 뜨니 나그네들이 좋아하네

여인들 모여서 민속놀이로 강강술래 하니

조선의 정신을 어찌하여 가볍게 여기리오

초저녁에 비로소 아름다운 밤이 이어지고

가야금 소리 은은히 울려 퍼져 감명 깊어라

소박한 삶은 풀잎처럼 가냘프다 하지만

시인은 지금부터 가난을 벗하지 않으리

시 한 줄 지을 줄 아는 나그네

청산에 홀로 앉아 지긋이 세상을 바라보니

아름다운 풍경이 그림처럼 펼쳐지는구나

유달리 가을 단풍은 황홀하여 넋이 나가고

시냇가 길목의 들국화는 바람에 청순하여라

한가롭게 풍류를 읊어도 낙이라고 없는데

예쁜 여인이 찾아와서 이 하루가 즐겁구나

늙어 가는 내 모습 별로 쓸모가 없다 해도

시 한 줄 지을 줄 아는 나그네가 되겠노라

금강산 유람

흰 구름 흩어지는 저녁 갈매기 훨훨 날 때

창가에 홀로 서서 강가를 유심히 바라보네

깊어 가는 가을 단풍은 물들고 냇물은 맑아

풍류를 즐기러 금강산으로 유람을 떠나노라

애마 타고 유유자적 애창곡 한 곡 부르지만

그렇게 날 반겨 줄 선비 한 사람 보이지 않네

풍류시집 한 권 들고 이리저리 다녀 보아도

마땅히 쉬어 가고 술 한잔 걸칠 곳도 없구나

아득한 추억

푸른 소나무 그늘에 자리 펴고 앉아

마음 풀어 놓고 시골 풍경을 즐기네

날이 어두어지니 모기 다시 날아들고

안개 자욱하여 밤낮 구별하기 어려워라

돈과 권력은 모두 잘난 사람들 것이니

세상살이 험난해도 정든 임이 그립네

때때로 풍류를 읊고 세월을 보내지만

인생 일장춘몽은 아득한 추억이로다

옛 시절에 놀던 학동

물가에 개구리 우니 봄풀은 무성해지고

들꽃은 새로이 피어 나그네는 설레누나

시골 논에 물은 가득하여 생기가 돌아

강가에 햇감자 탐스러워 먹을 만하노라

나뭇가지에 종달새 우니 봄비는 내리고

흐트러진 벚꽃가지 마을을 환하게 하네

친구는 좋아도 도리어 가슴은 서글퍼져

옛 시절에 놀던 학동들이 새삼 그리워라

매실의 고운 빛깔이여

집 앞에 매화꽃 피었더니 벌써 져 버렸고

녹음이 무성하게 우거져 열매가 달렸구나

불어오는 바람은 참으로 따뜻하고 좋은데

매실의 고운 빛깔이여 이 또한 기이하여라

봄이 지나가니 모내기 물은 대기 어려워

기우제를 지내고 빌어도 비는 언제 오리오

아침에 일어나 애석하게 논을 바라보는데

마침 하늘에서 굵은 비가 막 쏟아지는구나

석양을 바라보고

저녁 무렵 작은 산에 어둠이 내려 앉고

찬바람이 나뭇잎을 펄럭펄럭 날리는구나

노루 쫓는 나그네들 마음만 바빠지는데

허망하게 놓치고 모두 돌아가자고 하노라

서울에 명사수들 많다고 자랑할 것 없고

주막에 들려 술잔을 돌리니 얼큰 취하네

남쪽에는 오히려 인심이 좋아 살 만하며

석양을 바라보다가 다시 풍류를 읊는구나

술 한잔

냇가에 높은 누각은 서쪽 마을에 있는데

경치가 수려하여 풍류가 절로 일어나구나

수양버들은 종일토록 바람에 한들거리고

멀리 바라보니 노을은 아름답게 펼쳐졌네

붉은 연꽃은 시인을 불러 놓고 노래하여

나그네 거문고를 타니 갑자기 밝아지네

술 한잔에 흥취가 일어나 시를 읊조리니

청춘은 간데없고 세월만 쭉 흘러갔노라

충북 단양

깊고 깊은 구인사에 부처님 의젓한데

석가탑은 외로이 달님을 벗하고 있네

저녁 하늘 별들은 시름없이 속삭이니

빈 가슴 채울 길 없어 사랑이 그리워라

대나무숲에 맑은 샘물 유유히 흐르고

북으로 가는 기러기 수천 리 멀기만 하네

넓은 밭에 옥수수의 주인은 누구인지

포기마다 아름다운 풍류가 일어나구나

독도의 아름다운 풍경

수평선 넘어 동쪽으로 아득한 독도의 작은 섬

옥빛처럼 반짝이니 세상에서 제일 아름다워라

흘러가는 물결은 천년토록 쉼 없이 굽이치더니

풍류를 실은 밤 배는 절로 남으로 내려간다오

저녁 달빛은 경치가 수려하여 마음을 설레고

절벽의 소나무는 아슬하게 풍상을 견디는구나

나그네 유유자적 독도에서 홀로 노닐어 보니

아름다운 풍경에 취해서 한가로이 시를 쓰네

한적한 시골

산속에 나그네는 겨우 밭농사로 연명하고

약초 담가 놓은 초가집에 술잔을 기울이네

신선한 바람이 불면 꽃들이 인사를 하는데

이보다 더 좋은 천국은 또 어디 있으리오

감자밭 수수밭에 씨 뿌리는 풍류나그네여

풀피리 꺾어 불며 노래하니 임이 그리워지네

세상 시름 잊고 별빛만 바라보는 저녁 밤에

한적한 시골에 누가 풍류를 즐기러 오겠는가

산속에서 약초를 캐는 나그네

시골에 텃밭 일구어 끝내 농군으로 사니

계곡에 흐르는 물이 어찌 맑지 않으리오

지는 해를 바라보면 젊은 날은 아득하고

바람 세차게 불어 풀벌레 소리 고요하네

추위를 피해 동굴 속에 드니 아늑한데

세상 시름 잊고 풍류나 한 수 읊어 본다오

산속에서 약초 캐도 부끄러울 것 없지만

예전의 벗들은 너끈히 떠나 소식 없구나

하동 섬진강

섬진강에 진달래 피고 솔 향기 맑은데

하룻밤 머물며 은어회 맛있게 먹고 가네.

멀리 쌍계사 절간은 눈앞에 아른거리고

가까이 화개장터에 나그네 모여드는구나

강가에 재첩 캐는 아름다운 여인들이여

하동 마을에 술 익는 소리 즐겁게 들리노라

종일토록 돌아다녀도 시구절 찾지 못하니

하늘의 밝은 달은 풍류시인을 비웃고 있네

시집 한 권

사랑했던 그 여자와 이별은 진정 길었는데

어느덧 봄날은 가고 황혼으로 접어들었다오

긴 세월 접고 우연히 강가에서 만났지만

서글프게 미소 짓는 모습은 옛날 그대로일세

너무 반가워 시간은 어떻게 갔는지 모르고

나그네 깊은 가슴에 옛 정이 스며드는구나

인생일장 춘몽으로 살면서 종종 풍류는 읊어

사랑하는 임에게 기꺼이 시집 한 권을 전하네

아~ 사랑이란 추억 속에

창원의 풍류선생은 도연명과 견줄 만하고

기이한 모습은 조선 선비처럼 행동하노라

맑은 정신으로 책만 펼쳐 읽는 나그네여

늠름한 자태로 갑자기 연꽃 사이로 가누나

첩첩이 쌓인 산골 마을 여름은 한가로운데

낮술을 즐기니 어찌 풍류를 마다하리오

아~ 사랑이란 추억 속에 한 자락 남겨 두고

마음에 쌓인 묵은 때는 냇물에 씻어 버리네

친구들과 풍류

강릉에 편안 친구들과 풍류를 읊조리니

저녁이라 농부들 일터에서 돌아오는구나

장독 뒤 대밭 숲속에는 안개비 자욱하고

시냇가 버들가지 한들한들 봄을 즐기노라

하늘가 구름 가르고 두루미 날아가는데

희노애락 접어두고 막걸리 한잔 꺾어 드네

밭농사 일구어 놓고 이백선생이 그리워서

밤중에 시 한 구절 써 놓고 달빛을 즐기네

단양 사인암

단양 팔경 사인암에서 무심히 쉬어 가니

아름다운 선녀들이 물놀이를 즐기고 있구나

산세를 보니 기운이 살아 꿈틀거리는 듯하여

마음이 정갈한 나그네 신선이 되고 싶어라

장대한 암벽은 평풍처럼 펼쳐져 있고

계곡 물이 유유히 흘러가니 무릉도원이로다

풍류객이 모여 앉아 한 수의 시를 읊조리니

김홍도는 어디 가고 한 폭의 그림만 남았노라

풍류의 세상

밀밭 길을 돌아 옛 마을은 보이지 않고

시냇가에 앉아서 풍류를 한 수 읊는구나

따뜻한 봄바람에 꽃은 절도 피어나더니

새들의 지저귐에 봄날은 무르익어 가네

유채꽃 한들한들 아름다움을 더해 가고

우거진 녹음은 어찌 신선하지 않으리오

어떻게 하면 안락하고 즐거울 수 있을지

길이 풍류의 세상을 한 번 만들어 보리다

서당 개 3년

차가운 겨울 날씨 시골에서 홀로 살아가니

막막한 인생길 어느 누가 등불 되어 주리오

선친께서 배움을 게을리하지 말라 했는데

편지 한 장 쓸 수 없는 나그네 어찌하오리

눈 내리는 강가에 나서니 기러기들뿐이고

삼경의 달빛 아래 갈 곳 없어 마음 쓸쓸하네

어쩌다가 서당에 심부름 자주 다니다 보니

글줄을 익혀 이제는 주옥같은 시를 쓴다오

전생에 맺은 인연

낮고 초라한 문간 집은 쓸쓸하거늘

옛 마을에 시골 풍경은 이미 사라졌네

전생에 맺은 인연 뿔뿔이 헤어지고

나그네 홀로 남아 밭갈이에 힘쓰구나

비록 쌀농사라 자랑할 것도 없는데

하늘에서 비를 내려 풍년이 들었노라

모두 느긋한 모습에 웃는 농부들이여

처녀, 총각들 짝지어 행복을 꿈꾼다오

고향으로 귀향

시를 읊조리며 끝없이 노을을 바라보니

생각은 깊고 마음은 자꾸 고향으로 가네

아름다운 산천은 눈앞에 쭉 펼쳐지는데

지나가는 길목마다 발자취 하나 없구나

저 멀리 외로운 돛배에 나그네 노를 젓고

비 내리는 강가에서 홀로 낚시질하노라

이렇게 세월을 낚으니 한숨은 절로 나와

고향으로 돌아오니 늙은 나무는 그대일세

풍류선생 별장

해 지는 가을에 서산 높이 구름 떠 있으니

임금이 준 시 한 수 아직도 간직하고 있네

기분 좋으면 모든 일 접고 풍류를 읊는데

같이 놀던 옛 정승들 사무치도록 그립구나

이 몸 늙어 가니 세상 인심 판별하기 어렵고

산에 수양하니 여우가 시름겹게 울고 있네

푸른 꿈 높은 기상 응당 사라지지 않으니

풍류선생 별장 아래 물은 유유히 흐르누나

임을 위해 사랑의 시를

강가에 서서 말없이 한참을 바라보았더니

한 떨기 꽃들은 은은하게 향기를 품는구나

저녁부터 단정하게 내리는 봄비 촉촉하고

아침 햇살을 받아 아름다운 꽃으로 수놓네

어느새 시름은 사라지고 마음도 가뿐한데

뒤뜰을 홀로 걸어 보니 벚꽃은 만발하였네

어인 일로 술은 나그네를 무척 반기는지

임을 위해 수고로이 사랑의 시를 쓰겠노라

진씨 집안의 아들, 딸들이여

하루해가 짧다 한들 술이 아니 취할 수 없고

서럽도록 고운 사랑 그 정을 잊을 수 있으랴

밝은 달이 환희 비추면 그리울 것도 없는데

인생살이 허접하니 가정사도 즐겁지 못하구나

바람에 흔들리는 코스모스 길 내 마음 같지만

낮은 산에 애기 단풍은 풍류나그네를 유혹하네

진씨 집안의 아들, 딸들이여 이름 하나 끝내주니

다른 사람들이 부러워할까 부디 귀하여 여기게

인생은 술잔이요 사랑이다

여유롭게 산기슭에 홀로 앉아 걱정 없이 놀다

우연히 가을 풍경을 즐기며 풍류를 읊는구나

일평생 살아 보니 인생은 술잔이요 사랑인데

그리움 사람 잊고 서글프게 지는 해 바라보네

젊은 시절 촌에서 농사 짓고 허망하게 살지만

큰 꿈은 이루지 못하고 몸은 자꾸 늙어 간다오

아득한 세월에 꽃다운 청춘은 저 멀리 가 버려

사립문 열어 놓고 기다리니 까치 소리 정겨워라

주옥같은 풍류선생의 시집

날씨는 완전히 따뜻하여 꽃을 피우고

무성한 초목들은 싱그러움을 더해 가네

아득한 평야는 멀리 하늘에 가까우며

밭가의 수풀은 아침 이슬을 머금었구나

시냇가에 피리 소리 구슬프게 들리고

나그네 집에 선비들이 풍류를 읊는다오

이제 와서 인생을 돌아보니 남은 것은

주옥같은 풍류선생 시집이 전부라네

사랑하는 임

아득한 남쪽에서 쉼 없이 꽃바람 불어오니

느긋한 나그네 풍류가 절로 살아나는구나

저녁부터 비가 내리더니 시냇물 흘러가고

파릇파릇하게 돋아나는 봄나물 싱싱하여라

밭 일구어 놓으니 개구리 소리 가득한데

이랴 어서 가자 사랑하는 임 찾아간다오

그리움 임 못 잊어 이렇게 가슴을 태워도

그 사람 보이지 않고 불빛만 희미하구나

초라한 인생

음악은 사라지고 술도 떨어져 즐겁지 아니하여

홀로 달빛 밟으니 임그리워 멀리 바라보는구나

고향 떠난 지 아득하여 푸른 들판 아른거리고

저 하늘의 별들은 허공 속에 나그네를 반기노라

초라한 인생 나무 한 짐 해 놓고 물가에 앉아

피리를 부니 복사꽃은 앞다투어 피어나는구나

모름지기 오솔길을 걸어가며 풍류를 읊으니

산토끼가 길을 막고 시 한 구절을 받아 간다오

봄이 오는 길목에서

이끼 낀 계곡에 소나무 푸르게 우거지고

녹수는 흘러 흘러 나그네 마음 달래 준다오

산새는 온종일 감미롭게 노래를 부르더니

이별하듯 달아나서 홀로 무상에 빠지노라

추위를 떨쳐 내고 풍류를 한 수 읊었더니

아득한 봄은 벌써 내 발밑에서 놀고 있네

휘파람 길게 불며 봄을 마음껏 즐기는데

시선은 떠오르지 않고 임 생각 절로 나네

창원에서 용인으로 이사

선비처럼 고결하게 사니 마음은 맑아지고

구름 없는 마을에 큰 달은 담장 넘어 떴네

바람 부는 오후 가지 잎은 서산을 바라보고

길옆의 작은 원두막 나그네를 반기는구나

삼경에 다시 술이 생각나 주막에 들리니

주인은 보이지 않고 개 한 마리 짖어 대네

창원에서 용인으로 이사는 근심이 많아

갈피를 못 잡고 부끄럽게 풍류를 읊는다오

무더운 여름날

여름이라 땀은 절로 흘러내려

움직이기 귀찮아 벗고 있노라

남풍에 의지하여 삶은 고단한데

지겨운 매미 소리 쉼 없이 우네

원두막에 앉아 수박밭을 보니

옛 시절 그리워 풍류를 읊는다오

냇가에서 물놀이하던 친구들은

어디 가고 이렇게 홀로 늙었구나

한평생 바르게 살고

이 한 몸 출세는 못 하여 가련하기도 하련만

지금까지 몸담은 것이 소방과 풍류가 전부라네

고서를 많이 읽고 오로지 성인의 말씀을 새겨

한평생 바르게 살며 모든 이의 귀감이 되었노라

남을 대할 때 공손히 예의를 다 갖추었더니

한 번 길을 나서니 사람들은 격의 없이 대하네

티끌 같은 세상 욕심을 버리고 건강하게 살며

의구하게 청산을 벗 삼아 인생을 즐겁게 산다오

산속의 귀인

친구는 산속에서 맑은 공기 마시고 사는데

풍채는 좋고 도량이 넓어 귀인의 상이로다

한가로운 오후 나란히 앉아 풍류를 즐기니

시원한 바람결에 노 젓는 나그네가 부럽구나

인생도 끊임없이 흘러가는 강물과 같지만

바쁜 일상을 돌아보니 평탄한 날이 없었네

늙어 가는 내 모습 서럽다 한들 부질없거늘

강가에 앉아서 달빛만 하염없이 바라본다오

짧은 인생길

한적한 마을에는 아담한 꽃들이 피어

굽이진 호수에 물고기 한가롭게 놀구나

새벽에 먼 산을 보니 동이 트여 오고

한낮엔 냇가에 앉아 풀피리 불러보네

뉘엿뉘엿 쉬어 가는 해는 기울기 바쁘고

저 하늘에 밝은 달은 나그네를 반기노라

봄바람에 마음은 자꾸 설레어 가는데

짧은 인생길 임을 기다리면 무엇하리오

희망의 꿈

시간을 내어 이름난 명산을 구경하는데

의연히 풍류를 읊으니 기분도 살아나네

푸른 강물을 바라보니 아득한 천 리이고

쓸쓸한 가을 들녘이 한 폭의 그림이로다

속세를 벗어난 나그네 밤이슬이 차가워

구태여 해를 기다리며 희망의 꿈을 꾸네

평소의 삶은 어렵지만 항상 웃음 짓는데

황혼의 시구절 날마다 즐겁게 읽었노라

천고의 시인들

풍류선생 고택은 경치가 수려하여

천고의 시인들이 풍류를 즐기고 간다오

울긋불긋 꽃들은 아름답게 피어 있어

한 가락 가야금 소리 은은히 울려 퍼지네

쓸쓸했던 나그네 때를 만나듯 즐겁고

남쪽 냇가에 복사꽃 화사하게 피었구나

민속놀이를 즐기던 아이들 흩어지고

휘영청 밝은 달은 나를 기다리고 있네

어린 시절 반가운 벗

가을에 들국화 피고 오곡은 무르익는데

멀리 산기슭에는 단풍이 물들어 가는구나

한들거리는 코스모스 꽃 유독 아름다워

술 취한 농부는 즐겁게 노래를 부른다오

어릴 적 반가운 벗을 만나 술잔 기울이다

강가에서 나룻배 타고 풍류를 즐기는구나

지는 해를 바라보니 학은 여유롭게 날고

할 일 없는 시인은 짐짓 책을 정리하노라

세월은 유수같이

아득한 절벽 아래 강물은 휘돌아 가고

멀리 굽어보니 이제야 마음이 뚫린다오

다정히 놀던 새들은 유유히 날아갈 때

강가에 나그네 한가로이 풍류를 즐기네

이저러진 달빛은 내 마음인 듯 슬프고

사랑했던 임은 언제쯤 만날 수 있을까

애달퍼라, 세월은 유수같이 흘러가는데

종일 술잔 기울이다 밤이 온 줄 모르네

소쩍새 울음소리

빈 누각에 한가로이 앉아 풍류를 즐기면

아름다운 단풍이 들어 하나의 작품이로다

하물며 새들도 날아와 같이 놀아 주거늘

쉬어 가는 나그네 흥겨움에 하루가 저무네

고귀한 시구절 마음을 다 녹이고 있는데

소쩍새 울음소리에 자장가로 들리는구나

막걸리 한잔 걸치고 호탕하게 웃어 보니

실개천에 놀던 물고기 벌써 도망을 갔네

가난한 삶

살아온 길 아득히 되돌아보니 고생만 가득하여

막막한 인생 걸어온 길 한숨만 절로 나오는구나

세상은 부자들의 것이니 이미 가세는 기울어지고

천하에 둘도 없는 친구 공연스럽게 보고 싶어지네

이 생에서 희망이 없으니 다음 생에 복을 받아

사람답게 살 수 있도록 다시 힘차게 태어나리다

젊은 시절에 꿈도 사랑도 크게 기대를 하고 살았지만

매일 같이 일을 해 봐도 어찌 가난을 한 번 벗어나리오

보리밭에서 비파를

봄꽃은 하나둘 피어나고 시냇물 흘러

정자에 앉은 나그네 멀리 바라보는구나

기우는 해는 서산을 붉게 물들이더니

양 떼를 모는 목동은 파란 하늘 본다오

보리밭에서 비파를 불고 새들을 벗하니

전생에 무엇을 했는지 시가 줄줄 나오네

가지가 열렸는지 밭을 한 바퀴 둘러보고

냇가에 앉아 도리어 낚시로 세월을 낚네

가을 하늘은 높고

가을 길은 끝없이 붉게 물들어 가고

연인들은 고즈넉한 오솔길을 걸어가네

마을은 저 멀리 아스라이 펼쳐지는데

가을 하늘은 높고 청명하여 신선하여라

그늘진 계곡에 물은 쉼 없이 흐르지만

새끼소는 저물도록 어미 소만 찾노라

풍류를 읊으며 즐겁게 별을 헤니

나그네 인생 온갖 근심 걱정 사라지네

아름다운 섬 제주

서귀포 뱃머리에서 일찍이 낚시를 즐기니

바다에는 조각배 떠 있고 바람은 신선해라

어부는 얼기설기 해안가에 집을 짓고 나서

뱃놀이를 즐기며 한 수의 풍류에 취해 가네

푸른 하늘에 갈매기 쉼 없이 날아오르고

쪽빛 바다 무역선은 임 소식을 전해 온다오

아름다운 풍경에 넋이 나간 듯 바라보니

깊은 물속에는 고기는 있는지 묻고 싶어라

황금 들녘

가을밤 시장거리엔 사람들이 가득한데

홀연히 바람 불어와 국화꽃 향기 흩날리네

다시금 풍류를 즐기니 갈 곳은 많아지고

누른 황금 들녘 물결치듯 한층 아름다워라

맑은 공기에 하늘은 높고 소는 살찌는데

노래하던 새는 온종일 해 지는 줄 모르네

젊은 시절 달빛이 좋아 사랑이 그리웠고

바쁜 일상에도 불구하고 내 임을 찾았노라

길가에 코스모스

친구들과 놀다 헤어지니 가을은 깊어 가고

남쪽에는 풍년 들어 온갖 시름 사라지는구나

시절이 좋아 서울까지 유람을 나서 보지만

누구를 만나든 반드시 예를 갖추어야 하네

해 지는 한강을 바라보니 기러기 떼 날고

갑자기 찬바람 불어와 옷깃을 여미는구나

길가에 코스모스 아름답게 피어 있는데

나그네 삶은 한가로워 풍류를 즐겨 본다오

한 마리 학이 되어

가을이라 낙엽 떨어지는 소리 정말 쓸쓸한데

불어오는 찬바람은 한껏 마음을 움츠리게 하네

바닷가 거센 파도는 바위도 삼킬 듯 높아 가고

유유히 놀던 저 갈매들은 어디론가 사라졌구나

여행을 가는 나그네 풍경에 절로 취해 가는데

시름겹게 시를 짓다 아스라이 멀리 바라보네

한 마리 학이 되어 훨훨 날아 임 찾아가련만

수고로이 말을 타고 들길을 줄곧 지나가노라

재주가 부족하여

가을 풍경은 가물가물 이 몸은 늙은지라

젊은 날의 추억들은 그림처럼 펼쳐지는구나

반평생 살아 보니 이미 풍류가 전부인 것을

술이 생각나 다시 천리 길 벗을 찾아간다오

삶은 굴곡져 무지개처럼 아름답지 못하고

하는 일마다 졸렬해서 술 항아리 말라 가네

재주가 부족하여 혹독한 가난에 익숙해지니

도리어 마음은 정갈하여 날마다 책을 읽노라

수박처럼 둥글게

이 나그네 세월에 풍류를 가득 싣고 흘러오니

신선의 가야금 소리 비단 물결처럼 감미로워라

서쪽 하늘 무지개 아름다워 한 수의 시를 쓰고

시냇물 졸졸 흘러내려 대숲은 더욱 짙푸르구나

밭가에 옥수수 영글고 고구마 넝쿨 우거져

내 삶은 그다지 수박처럼 둥글지 못하노라

메말라 가는 논밭에 다시 물을 퍼 올려 보지만

동쪽이 어둑해지니 한 줄기 비를 뿌려 줄런지

아련한 추억

사랑했던 옛 임을 꿈속에서 속삭이다 보니

가야금은 아니 기다리고 먼저 울고 있구나

때때로 풍류를 즐기니 꽃향기는 날리고

아련한 추억은 달빛 아래 고요히 흩어지네

외로운 이 나그네 짧은 인생이 더 슬픈데

천리 길 나서니 가을비가 마음을 적시노라

술 먹고 놀 친구 없어 신선처럼 도를 닦지만

새벽에 정자에서 바라보니 상심이 깊어 가네

비파를 감미롭게 타는 나그네

나그네 편안히 살아 보니 한 페이지 꿈이거늘

걸러 놓은 막걸리 일미라서 한 잔에 취하노라

우연히 세월 따라 멀리 풍류를 찾아 나서니

가슴에 남은 것은 오직 시집 한 권뿐이로다

그늘진 산가에 소박한 꿈으로 살아가는데

이내 가을이 깊어 가니 그림처럼 아름다워라

인생이란 본래 이러하니 더는 바라지 않고

옛 추억을 더듬어 비파를 감미롭게 탄다오

들꽃 피는 정자

시골에서 궁핍하게 사니 우물 안의 개구리 신세

큰 인물은 못 되어 마음은 온순하고 너그러워라

낮에 돈 벌고 밤에는 아기 만들어 구경 못 하고

늘그막에 마음 가는 대로 세상을 유람을 즐긴다오

달빛에 말 세우고 농부들에게 은근히 물어보니

저기 강가에서 장기를 한 수 둘 수 있다고 말하네

나무 그늘은 시원하고 풍경도 아주 좋다고 하여

들꽃 우거진 정자에서 나그네들과 장군 멍군이로다

강가에 앉아서

강물이 흐르니 꽃들은 더 아름답게 피어나

풍류를 읊으니 진달래꽃 불타는 듯하여라

봄이 무르익어 가니 그리운 임 생각나서

강가에 앉아 애달프게 노래 한 곡 불러보네

기러기는 괜스레 멀리 날아가며 자랑하지만

먼 길 가는 나그네 한적한 곳에 쉬어 간다오

홀로 고독하게 사니 부질없이 술 생각나고

굴곡진 인생은 수심만 쌓여 창밖에 섰노라

여름철의 일기

갑작스런 폭우로 시냇물 앞다투어 내려가니

길가에 핀 꽃들은 수없이 쓰러져 안타까워라

들길을 지나니 개구리들은 절로 춤을 추는데

가지밭에 핀 자주색 꽃은 그래도 아름답구나

다행히 두 사람은 냇물을 건너서 돌아오니

포도주는 술잔 가득히 풍류를 즐기려 하노라

후일을 약속하며 반드시 만날 것을 이별하고

떠내려가는 수박을 건져서 이웃에 나누어 주네

두 마리 암소

가을 무렵 새소리에 절로 귀 기울이니

아름다운 풍경에 취해 이내 마음 서러워라

강둑에 올라서자 서산의 붉은 노을이여

마음을 여니 오곡은 무르익어 풍년이로다

이웃과 어울려 놀면 풍류는 살아나고

신선한 바람은 나그네를 훑고 지나가네

두 마리 암소는 한가로이 풀을 뜯으니

가을 하늘 맑아 지나온 인생은 꿈이라오

지나간 소 시절

깊은 호숫가에 늘어선 벚꽃나무 화사하고

소녀의 가야금 소리 파란 하늘이 가까워라

풍류에 어우러져 나그네들 즐거워하지만

불초소생 일에 묻혀서 한가롭지 못하구나

어두운 밤에 달이 늦게 뜨니 잠 못 이루어

지나간 소 시절 아련히 꿈속에 다가온다오

새벽 일찍 싸리문을 열고 길을 나서 보니

젊은 청춘은 돌아오지 않고 몸만 늙었네

선비로서 살아가는 모습

아내의 지극한 사랑을 진실로 귀하게 여기니

선비로서 학문을 하는 데 어찌 게을리하리오

밝은 달은 서산 기울기 바빠 친하기 어렵고

행색은 초라하나 기상은 늠름하여 남자다워라

가을 속의 생활은 오히려 풍년 들어 넉넉하여

한 계절의 절기는 겨울을 준비할 때가 왔구나

책은 굳이 오늘 하루는 읽지 않아도 좋으니

덕을 갖추고 인의에 따라 만인을 대할 것이네

마을 사람들

고향 길 아득히 돌아갈 한심한 나그네여

실버들 정자에서 바둑을 한 수를 즐기네

산기슭에 녹수는 쉼 없이 흘러내리더니

유채꽃 노랗게 피어 풍류가 살아나는구나

가야금의 청아한 흥취는 심금을 울리고

마을 사람들은 해 기울자 모두 떠나가네

이 몸은 미천한 사람들에게 술을 권하며

남녀노소를 가리지 않고 어울려 놀았다오

60 인생에 풍파

나그네 고령 땅에 머물면서 가야금을 타니

가을이라 해는 저물어 사랑의 시를 남겼네

선비의 높은 기상 산세는 진정 아름다운데

풍류의 맑은 흥취 강물 따라 멀리 흐르누나

노을은 아스라이 서쪽에서 기울기 바쁘고

정자는 우뚝 솟아 지나가는 객들을 부르네

60 인생에 풍파를 겪어 보니 시름만 쌓여

걸인처럼 유량을 하다가 소리 없이 죽으리

그대 두고 가는 이 심정

흐르는 냇물은

시인을 아랑곳하지 않고 쉼 없이 흘러가고

아름다운 산은

무심히 흐르는 냇물을 이별하듯 배웅하네

가야금 타는 삼경에 달빛은 차가운데

귀뚜라미 우는 가을밤 기적 소리 아득하네

그대 두고 가는 이 심정

가슴 아파 너의 얼굴을 차마 볼 수가 없네

붓을 들어 쓰던 시를

일찍이 세상을 분주하게 살았더니

정든 내 고향은 여전히 아름다워라

비단 물결 흘러 흘러 멀리 가 버리고

농사짓던 옛 친구들 보이지 않구나

몸은 늙어 집에 머문 지 오래되어

책장을 넘기니 허무한 인생이로다

지척에 개 짓는 소리 궁금하지만

붓을 들어 쓰던 시를 마저 짓노라

꿈속에서 옛 친구들

북풍이 불어와 눈보라가 아득히 날리니

하얀 길에는 강과 들을 분간하기 어렵네

나그네 가는 길에 풍류는 휘날려 즐겁고

꿩과 산토끼는 어디로 갔는지 그립구나

공연히 노래 불렀더니 여우가 울부짖고

풍류선생은 처연하게 시를 쓰고 있노라

꿈속에서 옛 친구들과 눈싸움을 하다가

홀연히 일어나 어린 시절을 회상한다오

아름다운 임의 미소

가을날에 밝은 달 떠오르는 밤이여

나뭇가지에 산새 소리 고요히 우는구나

한가득 청춘의 꿈은 어디 가고 없는데

님의 굳은 약속 영원히 있지 않으리

희로애락 펄럭이는 인생도 떠나가고

아름다운 임의 미소 천년만년 기억하리

서해 바다 저녁노을 고이고이 물들면

파도 소리에 임의 목소리 실려 온다오

한평생 사서

입에 풀칠을 하기도 어려웠던 몸

가련하다만 배운 학문은 무엇 하리

먼 옛날 공자의 말씀 사모했거늘

한평생 사서를 읽고 갈고 닦았노라

산속에서 걸식하다 때를 놓쳤지만

세상에 한 번 나가면 뜻을 펼치리라

인심은 사납고 이웃은 멀어지는데

의구한 청산은 나그네 마음 알리오

입춘대길

창원에 매화는 일찍 피어 화사하고

입춘 되니 봄풀이 여기저기 돋아나네

남쪽에 새들은 모여 노래 부르지만

바위 틈에 옹달샘 예전처럼 흐르누나

쑥 냉이 한 바구니 캐니 향긋하여도

마음에 둔 여인은 부질없는 꿈이라오

논가에 파릇한 미나리 잘 자라지만

친구와 움막에서 술 한잔 생각나네

청춘은 아득하고

봄바람 부니 지극히 꽃향기 날아오고

종일 다녀 봐도 고운 여인 만나기 어렵네

나그네 떠나고 서재에 앉아 책 읽어 보니

풍류가 깃들어 붓을 움직이기 시작하구나

따뜻한 하루가 그다지 즐겁지 않다지만

달빛 아래 임 기다리니 마음 설레인다오

술이 좋아 가까이하면 인생이 허무한데

옷깃 헤집고 돌아보니 청춘은 아득하구나

구름처럼 떠도는 나그네

시냇가 내리는 여름비 옷깃을 적시니

나약한 이 나그네 풍류만 읊을 수 있으랴

자주 소식을 전해 주는 벗이 없었더라면

구름처럼 떠도는 이 심정 달래지 못하리

백령도 관광

풍류시인은 배를 타고 유유히 흘러가니

백령도의 섬이 아름답게 다가오는구나

설령 좋은 술과 안주거리가 있다 하여도

어느 나그네가 술을 마시고 시를 쓰리요

산사

굽이굽이 돌아 안개 낀 산으로 들어오니

고요한 풍경 속에 산사는 그저 고요하여라

붉게 물든 단풍은 비단을 수놓은 듯하고

한 수의 시를 읊다 옛 시절이 그리워지네

그리움 한 자락

봄바람에 꽃향기 시름없이 날아오는데

사랑했던 임은 세월 따라 어디로 가 버렸냐

젊은 시절 돌이켜 보니 아쉬움 가득하고

가슴속에 그리움 한 자락 바람결에 펄럭이네

1. 직장에는 반비례 원칙이 있다

성공한 사람들– 신입생일 때 일을 적극적으로 배우면
　　　　　　　중·고참부터 여유롭고 대우받으면
　　　　　　　즐거운 직장 생활이 된다
실패한 사람들– 신입생 때 일을 제대로 안 배우고
　　　　　　　우선에 편하려고 요령만 부리다가
　　　　　　　고참이 되면 천덕꾸러기가 되고
　　　　　　　후배들한테 핀잔을 받고 당한다
　　　　　　　직장 생활이 지옥이 되어 간다
모든 일에는 때가 있다
때를 놓치면 인생이 망가진다
신입부터 이것저것 가리지 말고 무조건 배워 놓아라

2. 인생이란 죽을 때까지 작품을 만 들어 간다

부모로부터 한 조각
사회로부터 한 조각이 모여 인생이란 작품을 만들어 간다

어떤 사람은 실패하고
어떤 사람은 성공한다

풍류시인 2

ⓒ 진기만, 2023

초판 1쇄 발행 2023년 4월 10일

지은이   진기만
펴낸이   이기봉
편집   좋은땅 편집팀
펴낸곳   도서출판 좋은땅
주소   서울특별시 마포구 양화로12길 26 지월드빌딩 (서교동 395-7)
전화   02)374-8616~7
팩스   02)374-8614
이메일   gworldbook@naver.com
홈페이지   www.g-world.co.kr

ISBN   979-11-388-1796-7 (03810)